殺しの影

はぐれ武士・松永九郎兵衛

小 杉 健 治

時代小説文庫

殺しの影　はぐれ武士・松永九郎兵衛

目次

第一章　殺しの依頼

一

暗く寒い静かな明け方であった。明け六つ（午前六時）を報《しら》せる鐘の音が、芝増上寺《しばぞうじょうじ》から聞こえる。

大門通り沿いの中門前町《なかもんぜんまち》に、一年ほど前に空き家になってから、しばらく借り手がつかなかった二階建ての表長屋がある。

鯰屋権太夫《なまずやごんだゆう》が借りて、浪人松永九郎兵衛《まつながくろべえ》が住んでいる。九郎兵衛は三十過ぎで、額に刀傷がある。権太夫の指示を受けて、暴利を貪っている大名や大店《おおだな》の主人を愛刀三日月《みかづき》で成敗するのが今の仕事だ。

権太夫がなぜ、そのようなことを指示するのかはわからない。権太夫の背後には幕府の有力者がいるようだ。

この半年は依頼がなかったが、九郎兵衛は権太夫から手当をもらって、不自由のない暮らしをしてきた。

権太夫は家財や武具など、必要なものはなんでも揃えてくれる。しかし、九郎兵衛が欲していないものまで押しつけがましく寄越す。

床の間の毒々しいほど赤い寒牡丹《かんぼたん》は数日前に、権太夫がわざわざ持ってきたものだ。

「季節のものを取り入れたほうが家が喜びます」

権太夫はそんな理屈で渡してきて、

「それに、寒牡丹というのは、松永さまにぴったりのものでございます。この花に葉は一切ありません。つまり、無駄がないのでございます。それに、この花は冬と春、二度咲くんです」

と、説明した。

以前、丸亀藩《まるがめ》に仕官していたが、過ちを犯して江戸に逃れてきた。それからしばらく経ったある日、無実の罪で牢に入れられた。処刑寸前で、権太夫に助け出された。もう一度花を咲かせてみろと言わんばかりに聞こえた。

寒牡丹を置いていったとき、権太夫は近々仕事が入るかもしれないということだけを伝えて帰っていった。

そして、今日。朝も早いというのに、権太夫がやってきた。

「これから用事がありますし、松永さまがお出かけになられてからではいけないと思いまして」

権太夫はそう理由をつけ、当たり障りのない四方山《よもやま》話をしてから、

「さて」

と、低く重たい声を出した。

「なんだ、早く言え」

もったいぶっている権太夫を促す。

「その前に、松永さまの腕はなまっていませんか」

「ああ」

「どんな剣豪が相手でも、勝てる見込みはございますか」

「くだらぬことをきくな」

九郎兵衛は不機嫌に答えた。

「これは、失礼いたしました」

権太夫は頭を下げた。

それから、上目遣い気味に、

「では、さっそくですが、郡代屋敷に近い豊島町《としまちょう》にある『五島屋《ごとうや》』という旅籠屋《はたごや》の主人、舟吉《ふなきち》という男に近づいてもらいたい」

と、口にした。

「近づくというと、相手はお前さんのことを？」

「知りません」

「それで？」

「舟吉は誰かを殺してほしいと頼むはずです。松永さまはそいつを殺してください」

権太夫は平然と言う。

「舟吉は単なる旅籠屋の主人ではないのか。なぜ、その男が殺しを依頼する？　何度でも言うが、俺は悪人でなければ、殺さない」

九郎兵衛は突き放すように言う。

「ご安心ください。殺すに値する男ですから」

「その男は何者だ？」

「ご自分のその目でお確かめを」

「わかった。もし、斬るに値しない男なら俺はこいつを抜かぬ」

九郎兵衛は愛刀の三日月を手にした。

「必ず斬りたくなります」

九郎兵衛は訝《いぶか》しそうに権太夫を見た。権太夫は不敵な笑みを浮かべている。

「それだけか」

「いえ」

権太夫は首を横に振り、

「それが終わったら、舟吉も殺してください」

と、清々《すがすが》しい顔で言う。

「なぜだ」

「五島屋舟吉を生かしておいては、世のためになりません。奴のせいで、多くの者が亡くなっています」

権太夫は相変わらず、多くを語らなかった。

九郎兵衛はただの殺しに手を貸すことはしない。本来であれば、しっかりと理由を聞かなければ請け負いたくない。だが、この男は教えてくれない。

そもそも、無実の罪で牢に入れられていた九郎兵衛を、権太夫は救ってくれた。その義理がある。

権太夫は善人ではないし、隠していることも多い。だが、嘘をつく男ではない。

五島屋舟吉もきっと悪人に違いないが、自分で確かめてからでないと素直に引き受けられない。

「これがうまくいけば、また妹御の居場所をお教えしましょう」

権太夫が得意げに言う。

生き別れて、半年前に会えた妹である。それが突如としてまた会えなくなった。権太夫が引き離したに違いない。だが、権太夫を問い詰めても、安全な場所に避難させているというだけだ。そして、その場所を教えようとしない。

「引き受けてくださいますね？」

権太夫は、予《あらかじ》め答えがわかっているのにきいてくる。

「ともかく、舟吉に近づいてみる」

「お願いします」

権太夫はそれからもう一度、五島屋舟吉という名前と豊島町にある旅籠屋ということを告げた。

帰り際、腰高障子《こしだかしょうじ》に手をかけながら、

「お伝えするのを忘れていました。近々、上方へ出かけます。ふた月くらいは帰ってこないでしょう。ですので、今回はすべての判断を松永さまにお任せいたします。必要な金は、その都度来ていただければ、番頭から渡します」

と告げ、権太夫は意気揚々と引き上げて行った。

九郎兵衛はなんとなく腹立たしい思いで見送った。


半刻（約一時間）後。

九郎兵衛は日本橋馬喰町《にほんばしばくろうちょう》にある郡代屋敷の近くまでやってきた。

代官のいる領地の争いや、旗本の知行地での訴訟は、この郡代へ訴える。そのために、この辺りには大きな旅籠から小さな木賃宿まで軒を連ねている。さらに、楊《よう》弓《きゅう》や吹矢の店などが並ぶ盛り場でもあった。

朝だから、盛り場は静かであったが、宿屋からは出立する客たちが続々と出てきた。

店の外まで見送りに出る宿屋の主人もいれば、若い女中のところもあり、見た感じの安宿ではそれすらなかった。

しばらく柳原《やなぎわら》通りを歩く。夜鷹《よたか》が出ると言われる柳原土手が右手に続いている。

豊島町に入ると、横町の一角に『五島屋』の看板が掛かっていた。

あまり陽の差さない暗い路地で、並びには小さな商家が並んでいた。

大通りよりも、一段と寒い。特に吹き抜ける風が痛いくらいであった。

『五島屋』の二階の窓が開けっ放しになっており、白髪の婆さんが部屋の中を掃除しているのが通りから見て取れた。婆さんの手は赤くかじかんでいたが、それをこらえるように働いていていた。

九郎兵衛は一度その場所を離れて、近くの自身番に入った。

火鉢に寒そうに屈み込んでいる六十過ぎの感じの良さそうな家主に向かって、

「少々訊《たず》ねるが、『五島屋』という旅籠屋が近くにあると思うが、どこにある」

と、きいた。

家主は丁寧に『五島屋』までの道のりを教えてくれた。

何の用で探しているのかともきかれなかったので、九郎兵衛は続けた。

「『五島屋』の主人は、舟吉といったな」

「ええ、左様にございます」

「どんな者なんだ」

「一言で言い表すのは難しゅうございますが、大変親切なお方です。また商売の才に長《た》けているのか、場所も悪く、決して大きなところではございませんが、しっかりと商いをしているようです」

「その言い方だと、なかなかの喰わせ者なのか」

九郎兵衛はわざと吹っ掛けた。

「とんでもない。舟吉さんの人柄が温厚な上に、呼び込みが達者だからこそ、あれだけの繁盛に漕ぎつけているわけだと感心しているので」

家主は焦ったように言い直した。

「そうか」

九郎兵衛が頷くと、

「ところで、貴方さまは舟吉さんをお訪ねで？」

家主がきいてきた。

「ああ。知り合いではないが、仕事を探していてな」

「そうでしたか。では、あそこで働きに？」

「場合によっては、そうなるかもしれぬ」

「それはよかった」

家主がほっとため息をついた。

「どういうことだ」

九郎兵衛は首を傾《かし》げる。

「この間まで『五島屋』にいた用心棒が急にいなくなってしまって」

「いなくなったというのは？」

「舟吉さんもどういうわけかわからないそうですが、ある日突然姿を見せなくなったそうです。住み込みではなかったのですが、暮らしていた長屋にもいなくなりまして」

「何か事件に巻き込まれたのではないか」

「それでしたら、奉行所が動いているでしょうが、それもありません。おそらく、逃げたのではと」

家主は難しい顔をした。

権太夫が言うように、その用心棒も舟吉に、誰かを殺してくれと指示されたのだろうか。それで、逃げ出したということも十分に考えられる。

「だからといって、『五島屋』で勤めるのが他と比べて大変だというわけではございませんよ」

家主が慌てたように言った。

「うむ、わかっておる。舟吉と馬が合えばいいが」

「あの方なら、きっと平気です」

「そうか？」

「ええ。なんといっても、誰かがあの方を悪く言うのを聞いたことがございませんから」

家主は胸を張って言った。

自身番を出てから、『五島屋』と似たような名前の宿屋を探した。

すると、少し歩いたところに、『五目屋《ごもくや》』という小さな宿があった。

九郎兵衛はそこに入った。

中はがらんとしていたが、奥で物音がした。

土間に立って、奥に向かって呼んだ。

「はい、ただいま」

女の高い声が聞こえた。

出てきたのは、三十半ばくらいの女で、ここの女将《おかみ》だという。

泊まりなのかきいてきたので、

「いや、口入屋《くちいれや》から話を聞いてやってきた」

と、言った。

「口入屋？」

女将は首を傾げる。

それから、考えるように、

「うちの人が誰か頼んだのかしら」

と、口の中でもごもごと言った。

「ここは『五島屋』ではないのか」

「いえ、『五目屋』にございます」

「そうか、うっかり見間違えていた」

九郎兵衛はわざと頭を掻いた。

女将は安心したような顔をして、『五島屋』の場所を教えてくれた。

「ときおり、間違えてこちらにお越しになる方もいます」

慰めるためなのか、女将は言い足した。

「ここできくのも失礼かもしれぬが、『五島屋』というのは、どんな宿屋なんだ」

九郎兵衛は訊ねた。

「それはもう大層繁盛しているところでして。毎日、満杯でございます。といいますのも、あの旦那の口が達者なものでして、通りで呼び込みをかけるのでございますが、それでひょいと泊まりに来るようです。また常連のお客さまも多いそうで」

女将は羨ましそうに言った。

「それだけ繁盛しているなら、店を広げればよいのにな」

「あの店は旦那とお婆さんと小僧さん、そして女中さんの四人で回しているのですが、旦那のこだわりでその四人だけでやりたいそうです。店を広くしたら他に雇わなくてはならないので、そういうことはしないのだとか」

女将は教えてくれた。

商売敵なのに、ここまで良く言うのには少し驚いた。

「そんなに素晴らしい人柄なのか」

九郎兵衛はきいた。

「それはもう……」

女将は、にっこりして答える。

礼を言い、九郎兵衛は店を出た。

改めて、『五島屋』へ行った。

途中、長い木の枝を杖にして足を引きずって歩いてくる浪人とすれ違った。隻眼《せきがん》だ。どこに行くのかと、九郎兵衛は隻眼の浪人の後ろ姿に目を遣った。一瞬、浪人は足を止めたが、再び歩きだした。

九郎兵衛は改めて『五島屋』に向かった。

二階の窓はまだ開けっ放しになっており、婆さんがふとんの埃を叩《はた》き出していた。

しばらく見ていると、婆さんが気付いたようで、

「あの、なにか御用ですかな」

と、柔らかい口調で問いかけてきた。

「いや」

九郎兵衛が答えると、婆さんは急に冷たい目をした。

「なんでもないんだったら、さっさとあっちに行っておくれ」

突然、声色が変わり、しゃがれた声で吐き捨てるように言う。

あまりの変わりように、九郎兵衛は啞然《あぜん》とした。

「え？　なんだい」

婆さんは、もう一度言った。

九郎兵衛が何と返そうか迷っていると、背中の方から、

「おい、婆さんや。そんな声を出すんじゃないよ」

と、注意する中年の男の声がした。

振り返ると、四十代くらいの黄ばんだ目に、鼻が妙に大きな男が見えた。腰には

黒い前掛けを締めて、角帯《かくおび》には矢立《やたて》を差している。

「このご浪人がじろじろ見るもんで」

婆さんは怒りが治まらないのか、震える声で答える。

「そんな言い方はお止《よ》しなさい。下がっていなさい」

四十男は婆さんに言いつけた。

婆さんはふてくされたように窓から姿を消す。

四十男が改めて、九郎兵衛に向いて、

「大変失礼いたしました。私はここの主の舟吉と申します。さっきのは、うちで雇っている婆さんです。癇癪《かんしやく》持ちでして、ちょっとでも何かあると、あのように喚き散らすんでです。お侍さまにはご迷惑をおかけして、大変申し訳ございません」

と、深々と頭を下げた。

この男が舟吉か。どう見ても、悪人面ではない。ただの苦労人にしか見えない。

だが、やけに腰の低い様子は、どことなく怪しさを感じさせる。

「いや、拙者も悪いところがあった。頭を上げてくれ」

九郎兵衛が言うと、ようやく舟吉は顔を戻した。

「ところで、お侍さまはこの辺りで何を？」

舟吉は改まった口調できいた。

「話せば長くなるが、つい近頃、藩を辞めたのだが、どこにも仕官の口がなく、どこかで用心棒でも探していないかと探し回っていたところ、近所で、こちらで用心棒を探していると聞いたものでな」

九郎兵衛は予め決めておいた台詞《せりふ》を言った。

「今はどこも仕官するのは大変だと聞いております。うちにも、お侍さまがお泊りになりますが、皆さまお困りのようで……」

舟吉は心を寄せるように言い、

「実は手前どもでは用心棒というほどではありませんが、ちょうどお手伝いの方を探しております。ただ、お侍さまの望みに合う手当てをお出しできるかはわかりませんが……」と、苦しそうな顔をした。

「とりあえず、働き口があればどこでもいい。贅沢を言ってられる身分ではないからな」九郎兵衛は言い放った。

舟吉は九郎兵衛の目をじっと見つめてから、

「まあ、こんなところで立ち話もなんですから」

と、店の中に誘った。

九郎兵衛は舟吉にあっさり近づくことができたが、権太夫から聞いていた印象と違うことに戸惑いを覚えていた。

二

こざっぱりとした裏庭が見渡せる八畳の客間で、九郎兵衛は舟吉から色々なことを聞かされた。

この店が出来てから、今年で七年目だそうだ。それまでは牛込天神町《うしごめてんじんちょう》の『宇津《うつ》木《ぎ》』という酒問屋で働いていたという。そこで、地方に住む客たちと出会い、江戸で安く泊まれる定宿があると嬉しいと何人かに言われ、いっそのこと自分がそういう宿屋をつくろうと思い立って出来たのが、『五島屋』だという。

店の名前の由来は、舟吉の父親が長崎の五島列島出身だからだと言った。

「今でも、店を開いた当時からのお客さまが多く通ってくださっていますよ」

舟吉は自信満々にそう告げた。

「ところで、ここは用心棒を雇わなければならぬ訳があるのか」

九郎兵衛は改めてきいた。

「いえ、この辺りは大変安全な場所で、お客さまには大変恵まれていますが……」

「何か心配事でも？」

「実は、私が狙われるのではないかと……」

「何があったのだ？」

「少々、長くなりますが」

舟吉は前置きをしてから、自分の生い立ちから話し始めた。

舟吉は神楽坂《かぐらざか》で生まれた。舟吉が十歳のときに、荒物屋をやっていた父が、酔っぱらった侍に斬りつけられて死んだ。それから、母親と舟吉のふたりで荒物屋を切り盛りしていたが、うまくいかずに、一年で店を畳んだ。それから、父の生前からの知り合いであった牛込天神町の『宇津木』という酒問屋で奉公をした。二十五年が経ち、三十六歳の時に、『宇津木』の主人が隠居して、倅《せがれ》に代を継がせることになった。それと時を同じくして、舟吉は『宇津木』から独立して、この場所に旅籠屋『五島屋』を開業した。

『宇津木』の頃より、地方からの商人で、江戸にそれなりに安くて、綺麗で、安心して泊まれるところが欲しいという声を方々で聞いていた。

『五島屋』を開業するに当たっても、『宇津木』の隠居が金の融通をしてくれたり、知り合いに紹介してくれたりした。そのお陰もあり、当初から客が入り、七年目の今でもずっと黒字が続いている。

今年の春、円寂《えんじゃく》という二十五、六の僧が客としてやってきた。黒の法衣を石帯《せきたい》で結び、白の括袴《くくりばかま》に、同じ色の脛巾《はばき》という格好をしていた。多くの客が一泊から二泊なのに対して、円寂は「まだ何泊か決まっていないが、四、五泊はする」と、言った。

どことなく妙な感じがしたが、空室があったので泊めることにした。

部屋に通してから、

「どうして、こちらをお知りになったのですか」

と、舟吉はきいた。

場所が大通りから一本入ったところにあるため、いつも夕方になると舟吉が客引きに大通りまで出ている。しかし、舟吉は円寂が通りかかったのを覚えていない。たまたま見過ごすことも考えられるが、このような格好であれば、覚えているはずだ。

円寂は舟吉の目をじっと見つめてから、

「なんとなく、引き寄せられた」

と、真面目な顔をして言う。

「引き寄せられたのでございますか」

「ああ」

円寂はそれ以上は言わなかった。

次の日、円寂は朝五つ（午前八時）には宿を出て、夜の四つ（午後十時）くらいに帰ってきた。婆さんがどこへ出かけていたか、さりげなくきいてみたが、「江戸で方々回るところがある」と答えるだけで、詳しいことは全く話さなかった。

婆さんも、円寂のことを気味悪がり、「あの人は金を払ってくれないのではないか」と舟吉と違う理由で疑っていた。

しかし、先払いしてほしいと申し出ると、円寂は快く払ってくれた。

婆さんはそれで安心したが、舟吉はかえって怪しんだ。

(この店のことを調べにここまでやってきたのではないか)

不安が拭えなかった。

「もし、あのお客さまを訪ねてくる人がいたら、よくよく注意をして見ておくようにしなさいよ」

舟吉は婆さんと小僧に言いつけた。

しかし、それから三日間、誰も円寂を訪ねてくることはなかった。円寂は朝五つに宿を出て、夜四つに帰ってくる。この繰り返しだった。宿に戻ってきてからは、酒を一合だけ呑み、勘定はその場で払った。

「最初は疑《うたぐ》っていましたけど、あの人は案外いい人かもしれません」

婆さんは見方を変えた。

「あっしもそう思います。いつも酒を届けるときに、心付けをくださるんです。愛想がない方ですけど、心根は優しいお方なんじゃないかと」

小僧も、すっかり円寂のことを贔屓目《ひいきめ》で見ていた。

舟吉はそう言われると、ますます疑うようになった。

そして、四日目の朝。

円寂は舟吉のところにやってきて、

「この店が『五島屋』ということは、貴方も五島のご出身で？」

と、円寂がいきなりきいてきた。

「いえ、父が」

舟吉は少し気味の悪さを覚えながら答えた。

貴方も、という言葉が引っ掛かり、

「円寂さまも、五島なのですか」

と、きき返した。

「出身ではないですが、昨年、一度行ったことがあります。その時に、江戸で宿屋をしている親戚がいるという話を聞いたことがありまして」

「え？　どんな人でしたか」

「七十過ぎの茶農家でした。どことなく、その方の目が、貴方に似ているような気がしまして」

「私の叔父でございます」

「やはり、そうでしたか」

円寂は頷き、

「自慢していました。何やら、仕送りをもらっているとかで、頭が上がらないと」

と、口にした。

「そんなことまで話していましたか。まあ、恩がありますので」

舟吉は濁した。

まだどこか信じきれなかったが、話しているうちに怪しむ気持ちも薄らいできた。

円寂がここにやってきたのも『五島屋』という名前だったからかもしれない。

しばらく雑談をしたあと、

「今日で江戸を発《た》つことになりました。四日間、お世話になりました」

と、別れの挨拶をして出ていった。

それから、半月ほどが経《た》った。

須崎左近《すざきさこん》と名乗る四十過ぎの浪人がやってきた。

明らかに、泊まり客ではなさそうな軽装で、

「円寂という二十五、六の僧を知らないか」

と、厳しい目をしてきいてきた。

「貴方さまのお探しのお方と同じかわかりませんが、同じ名前の方は存じております」

舟吉は警戒しながら答えた。

相手が何を求めているのか、この時点ではわからなかった。また、その理由をきき出せないような恐ろしい目をしていた。

「そいつのことを詳しく聞かせてくれ」

須崎は身を乗り出して言った。

他の客に聞こえるかもしれないので、舟吉は須崎を奥の部屋に通した。

茶を出してから、

「円寂さまはこちらにお泊まりになりましたが、朝は五つに出て、夜は四つに帰ってくるだけで、手前どもはあまりお話をしていません。ですので、その時のことと言われましても、あまりわからないのでございます」

と、丁寧に答えた。

須崎は自分が訝しがられていると思ったからか、「これには訳がある」と言った。

それから、須崎の異母弟が、円寂によって殺されたかもしれないと告げてきた。弟の名は須崎又右衛門《またえもん》で、六歳離れているという。

江戸で剣術道場をやっていたが、金銭問題で道場を閉めることとなった。それから、円寂という男と知り合い、仕事をもらっていたという。ただ、それから又右衛門と連絡が取れなくなり、住んでいた長屋からも引っ越して、行先がわからなくなった。

又右衛門の消息を探していると、高輪《たかなわ》大木戸を越した先の雑木林で、死体で見つかったという報せを南町《みなみまち》奉行所定町廻《じょうまちまわ》り同心《どうしん》の大木《おおき》七郎《しちろう》から聞いた。

死体には、毒針が刺さっていたが、それとは別に匕首《あいくち》で刺された痕も見つかったそうだ。大木の見立てでは、毒針で痺《しび》れさせたり、弱らせたりしてから、とどめを刺したという。

又右衛門が死ぬ前に、大木戸辺りで二十代半ばの僧と一緒に歩いているのが見られていたそうだ。須崎はすぐに、「弟が話していた円寂ではないか」と思った。

円寂のことを調べてみることにした。

すると、又右衛門が住んでいた長屋の隣の住人が、円寂らしい男が引っ越しの前日に訪ねてきたのを見ているそうだ。壁が薄いのでふたりの話がところどころ漏れてきた。そのなかで、どちらが言ったのかはっきりしないが、「今度、豊島町の『五島屋』に行ってみる」という言葉が聞こえたそうだ。

そういう経緯で、須崎左近は舟吉を訪ねてきたそうだ。

舟吉はなぜ『五島屋』の名前がそこで出てきたのか、気味が悪く思いながら、やはり円寂は何か目的があって、『五島屋』に泊まったのだとわかった。

須崎左近は舟吉が円寂のことをあまり知らないとわかると、そそくさと帰って行った。

それから、三月が経ったある日。

『五島屋』の常連客が、品川沖で身包《みぐる》み剝がされて殺されていた。

舟吉が酒問屋『宇津木』で奉公していた時から贔屓にしてくれた上方の瀬戸物商だ。死体には、毒針が刺さっていて、さらに匕首で刺されていた。

殺される前日に、若い僧と会っていたということだけがわかった。

（円寂に違いない）

舟吉は、すぐにそう感じた。

同心と岡っ引きに、今までの経緯を話した。すると、ふたりも円寂が怪しいとなり、探索が始まった。

しかし、半年ほど経っても、円寂の行方は摑《つか》めなかった。

そして、先月、やはり『宇津木』の頃から親しくしていた荷商いの呉服商が、浅草寺《せんそうじ》の脇で殺された。殺しの手口は、須崎又右衛門、そして上方の瀬戸物商と同じだった。

呉服商は殺されるひと月ほど前に、「もしかしたら、江戸を離れるかもしれない」と、知り合いに告げていた。その理由をきくと、少し前に知り合った若い僧が、長崎での仕事を紹介してくれる、話を聞いてみると江戸で商いをするよりも実入りがよさそうだという。知り合いはそんなうまい話には乗らないほうがいいと注意したが、聞き入れてもらえずに殺されたと嘆いていたそうだ。

舟吉はここでも、円寂に違いないと確信した。

一連の殺しには円寂が絡んでいる。殺されたふたりが『五島屋』の常連客だったから、ここに泊まったのだ。

宿帳を振り返って調べてみると、上方の瀬戸物商は円寂が『五島屋』に泊まった二日目、呉服商は三日目に滞在している。

そこで、円寂がふたりと接触したということは、十分に考えられる。

舟吉はひと通り話すと、声がかすれて、茶を飲んだ。

喉を潤してから、

「そして、半月前のことです」

と、今まで以上に重たい口調で告げる。

「須崎左近さまの死体が大川で見つかりました」

「何、須崎左近まで殺されたというのか」

「はい」

「それも円寂の仕業《しわざ》か」

「わかりません。今までのお三方と違い、刀で斬られていました。それに、須崎さまが殺される前に、円寂らしい者と会っていたという話はないようです」

「見ていた者がいなかっただけかもしれぬが」

九郎兵衛は首を傾げ、

「いずれにしろ、手口は違うな」

と、呟く。

「そこが気になりましたが……」

舟吉は苦い顔をした。

「須崎左近が殺され、次は自分が狙われるかもしれないと思ったわけか」

九郎兵衛は確かめた。

「はい。円寂の顔を知っているのは私ですし」

舟吉が真顔で頷く。

舟吉のせいで何人もが死んでいるという鯰屋権太夫の言葉が脳裏に蘇った。

この舟吉が人を殺しそうにも思えない。

だが、かえって、善良そうな者のほうが危ないことを今までに見てきている。それに、権太夫が嘘を言うとは思えない。

円寂を雇っているのが舟吉だとしたら……。

九郎兵衛は、舟吉のことをじろりと見た。

その様子を見て取ったのか、

「こういうことを正直に話すのは、本当に円寂に何かされかねないと思っているからでございますし、松永さまに私の実体を知っていただきたいからに他なりません」

と、しっかりとした目を向けて言った。

九郎兵衛はわかっていると言わんばかりに小さく頷く。

「お前さんが襲われるというのは、ただの予感か？」

「最初は婆さんが言いだしたんです。私は半信半疑でしたが、占い師に私の運勢を占ってもらったときに、今年は悪い運が出ていると言われました。そして、小石川《こいしかわ》片町《かたまち》にある福建寺《ふっけんじ》の住職にも、何か悪いものが見えると……。それで、もしかしたら次は私が襲われるのではないかと思うようになりました」

素直に信じることはできないが、舟吉は相変わらず真面目な顔をして言う。

その占い師は、流しの辻占《つじうら》で誰なのかわからないというが、住職はわかっている。

九郎兵衛はあとで話をききに行くと決め、福建寺という名前を心の中に刻んだ。

「こういう事情で、もしよろしければ、引き受けてくださいますかな」

「ああ、願ったりだ」

「ありがとうございます」

舟吉は頭を下げる。

「だが、何をすればいい」

「私が遠くに出かけるときには護衛を頼みたいのと、もしできれば、円寂のことも調べてもらいたいと考えておりますが。といいますのは、円寂のことをあまりにも知らなさ過ぎて、こちらもどうすればいいのかがわからないのでございます……」

舟吉は続けようとした。

「護衛と、円寂を探ることだな」

九郎兵衛は途中で、口を挟んだ。

「はい」

舟吉は頷いた。

「もし、円寂の居場所がわかったときには？」

九郎兵衛は重たい口調できく。

（ここで、円寂を殺せと言うのか）

舟吉の眼差しの奥が怪しく光る。

「そのときには……」

舟吉は口ごもった。

「………」

九郎兵衛は舟吉の顔を覗き込む。

少し沈黙があってから、

「まだ考えておりませんでした」

と、目を逸らして小さく言った。

まだこちらを信用していないからか。おそらく、考えはあるのだろう。何手も先を読み通すような目をしている。

九郎兵衛は、深くきかなかった。

「ともかく、円寂を探ればいいのだな」

「できましたら。ただ、私の身を守ってくださるだけでも十分にありがたいです」

切羽詰まっているようには見えないが、用心棒を欲していることは伝わってくる。

「それと、須崎左近のことだが」

九郎兵衛は切り出した。

「元々、どこの藩に仕えていた者だ」

「大和郡山藩《やまとこおりやま》だそうで」

「そうか」

「もしかして、ご存じで？」

「いや、たまたま同じ藩に同じ苗字の知り合いがいたのでな。少し気になっただけだ」

九郎兵衛は答えた。

左近のことは知らない。

だが、左近の異母弟の又右衛門のことは知っている。

たまたま同じ名前なだけなのではないかとも思ったが、大和郡山藩と聞いて、確信が持てた。

又右衛門は、元々百石の馬廻《うままわ》り役であったが、上役との折り合いが悪く、藩を辞めることになった。

それ以来、神田《かんだ》和泉町《いずみちょう》に小さな剣術道場を開いていた。

九郎兵衛よりも、一回り年上だったが、馬が合った。それで、その剣術道場で一時期、手伝いをしていたことがあった。

又右衛門は、浪人でいたほうが責任もなくて楽だし、武士でいるよりも生活が楽だから、今さらどこかの藩に仕える気持ちなどさらさらないと、酒の勢いで言っていたことがあった。

（そうか。又右衛門は殺されたのか）

九郎兵衛も、ため息交じりに呟いた。

まだ話を聞きたかった。

だが、さっきの婆さんがやってきた。

「ちょいと旦那。棟梁がお見えですよ」

「そうかい。すぐに行くから」

舟吉は答える。

それから、九郎兵衛を改めて見て、

「屋根を直すことで話し合いがありまして。少しばかり席を外します。ここで寛《くつろ》いでいてください」

舟吉が腰を上げながら言った。

「いや、また明日来る」

九郎兵衛は答えた。

舟吉は頭を下げて、足早に部屋を出ていった。

婆さんとふたりきりになった。

気まずい空気が流れる。

また何か小言を言われるのかと身構えていると、

「あの、松永さま」

婆さんが遠慮がちに呼びかける。

「なんだ」

「先ほどは大変失礼いたしました」

意外にも、婆さんは深々と頭を下げてきた。

「いや、気にしておらぬ」

「ですが、なんてお詫びすればよいのやら」

「そう畏《かしこ》まるでない。かえって、居心地が悪いではないか」

九郎兵衛は言った。

婆さんはもう一度謝ってから、

「先ほど、うちの旦那さまがお話ししましたでしょうが、円寂という男のことがあってから、私もやたらと警戒するようになってきまして」

と、さも申し訳なさそうに告げてきた。

「だが、俺は坊主ではないし、似つかないだろう」

「いえ、その須崎左近さまというご浪人と重なることがありまして……。本当に、勝手な思い込みで申し訳ないのですが」

「なぜ、そいつのことを思い出すと腹が立つのだ」

九郎兵衛には、その理屈がわからなかった。同じ浪人というだけなのか、それとも、自分がどこか信頼してはいけない雰囲気を醸《かも》し出しているのか。

婆さんは言いにくそうに、「須崎さまは……」と口ごもった。

それから、大きく息を吸って、

「須崎さまは随分と感じの悪い方でした」

と、心から憎そうに言う。

「舟吉はそんなことは口にしなかったが……」

「そりゃあ、旦那は優しい方ですから。でも、旦那だって口ではあんなふうに言っていますけど、内心腹立たしいと思っていますよ」

「そうだろうか」

九郎兵衛が首を傾げる。

「そうに決まっています！」

婆さんが急に怒りだした。胸に手を遣り、九郎兵衛の顔を見て、大きく息を吸った。

「すみません。思い出すと、つい……」

婆さんが頭を下げる。

「余程、恨んでいるようだな」

「まあ……。なんといいますか。あの人は旦那のことを疑っているようでした」

「疑う？」

「旦那のことを尾《つ》けていたり……」

「なんのためにそんなことを？」

「わかりません」

「思い過ごしということは？」

「いえ、確かに怪しい動きが多うございました」

それから、婆さんはまだ何か言いたそうに口をもごもごと動かした。しかし、何を言っているのか、わからなかった。

九郎兵衛は探るために、

「須崎左近は、舟吉が円寂のことを庇《かば》っていると疑っていたのか」

「はい」

「それで、あとを尾けたりしたと」

「そうです」

「舟吉に何か探られてまずい秘密があるわけでもなかろう」

「まさか、あるはずが……」

「かなり親切な人柄のようだからな」

「そうですよ」

婆さんは大きく頷き、

「これから、用心棒をしていただくのであれば、くれぐれも旦那のことは頼みます」

と、また深々と頭を下げてきた。

「ああ」

「次は旦那がやられるんじゃないかって心配で……」

「任せておけ」

九郎兵衛は言ってから、

「ここに来る前に小耳にはさんだのだが、前に用心棒を雇ったそうだが」

と、きいた。

「はい。でも、前金だけ受け取って姿を消してしまいました」

「逃げたのか」

「ええ、ここを出ていってから二度と帰ってきませんでしたから」

婆さんは九郎兵衛を見つめ、

「松永さまは大丈夫でしょうね」

と、きいた。

「俺はそんな卑怯者ではない」

九郎兵衛はそう言い残して『五島屋』をあとにした。

三

冷たい風が吹き抜ける。寒さのせいか、人通りも少なかった。

『五島屋』を出てから、神田明神《かんだみようじん》に足を向けた。九郎兵衛がお詣りに行くとしたら、生まれが讃岐《さぬき》の丸亀だけあって、愛宕《あたご》にある金比羅宮《こんぴらぐう》である。

神田明神に来たのは、万が一、舟吉やその手の者にあとを尾けられたときのことを考えてだ。

本当であれば、そのまま芝神明町《しばしんめいちよう》の『鯰屋』へ向かいたい。

だが、権太夫とのつながりが相手に知られては都合が悪い。尾けられていたとしても、ここならうまく撒《ま》ける。

そのためにわざわざやってきたが、怪しい影は見当たらない。

九郎兵衛はひと通り、信心深く見えるように丁寧にお詣りしてから、神田明神をあとにした。

その後も、警戒を怠らないように気を付けながら、ゆっくりと『鯰屋』へ行った。

『鯰屋』に着いたのは、八つ（午後二時）時であった。

裏口から入り、人を呼ぶ。

女中がすぐに出てきて、権太夫を呼んでくるからと、廊下を奥に進んだ客間に通してくれた。

部屋で待っていると、すぐに権太夫がやってきた。

権太夫は目だけが笑っていないにこやかな顔で九郎兵衛の正面に腰を下ろす。

「わざわざ、引き受けてくださると仰りに来られたんですかな」

権太夫は見越したように言う。

「ああ。引き受ければ、妹の居場所は？」

「もちろん、お教えしますが……」

権太夫が言い淀む。

「何かあるのか」

九郎兵衛は低い声で返した。

「まだ危険が及ぶかもしれませんので、すぐにはお教えできません」

「話が違うではないか」

九郎兵衛は、むっとする。

「そう怒らないでください。これは、松永さまを思ってのことですので」

権太夫は形だけ頭を下げた。

それから、柔らかい口調で、

「ところで、舟吉とはもうお会いになったのでしょう？」

と、確かめてくる。

「ああ」

「どうでしたか」

「悪人には見えなかったが、話の節々で気になることがあった」

九郎兵衛は円寂のことと、須崎左近が訪ねてきたこと、瀬戸物商と呉服商と左近が殺されたことを告げた。

権太夫はただじっと聞いているだけで、特に驚く様子もない。元々知っていたようで、むしろ他にも何かないかときいてきた。

九郎兵衛は、左近の異母弟で九郎兵衛の知り合いと思われる須崎又右衛門のことを話した。

それを聞くと、

「ほう、そんな縁が」

権太夫は、にたりと笑った。

「何がおかしい」

「いえ、世の中狭いものですな」

「お前さんは、須崎又右衛門と俺が知り合いなのも知っていたのではないか」

九郎兵衛は睨みつける。

「それに、須崎左近とも接触したことがあるのではないか」

さらに、九郎兵衛はきいた。

「松永さまはそうお思いで？」

権太夫がきき返す。

「怪しい」

九郎兵衛は言い放った。

それを意にも介さないで、

「松永さまがどうお思いになろうが、それはご勝手に」

と、突き放した。

摑みどころがない権太夫がやけに腹立たしい。

権太夫と舟吉はふたりとも全く違う性格であるが、どことなく似たようなものを感じた。それが何なのか。九郎兵衛は、はっきりとはわからない。

だが、同じ匂いがする。

「それで、松永さまと須崎又右衛門さまのご関係というのは？」

権太夫が腕を組み、顔をじろりと見る。

「言ったところで、どうなるわけでもなかろう」

「それはそうですが、私のほうで何か知っていることがありましたら、松永さまのお力になれるかもしれません」

いかにも、意味ありげに言う。

九郎兵衛は少し迷った挙句に、神田和泉町の道場で出会ったことを告げた。

「松永さまはどうしてその道場をお辞めに？」

「道場が閉鎖に追い込まれたからだ」

「閉鎖？」

権太夫はわざとらしくきき返す。

「………」

すべて知っているのではないかと、九郎兵衛は権太夫を疑うように睨む。

「どういう訳で閉鎖になったのか、お教えいただけませんか」

権太夫がきいてくる。

「金銭の揉め事だと聞いた。詳しいことは知らぬが、舟吉の話だと、その頃に又右衛門は円寂と出会ったそうだ」

「揉め事といっても、道場を閉鎖させるくらいなら、かなり借金があったのでしょうね」

「そうかもしれぬな」

「ということは、円寂は又右衛門さまの借金を返す手伝いをしたのかもしれませんね」

「ああ」

九郎兵衛は頷く。

又右衛門のことを思い出していた。

又右衛門は普段はそれほど多くを語らないが、酔うと饒舌《じょうぜつ》になる。

あるとき、ふたりで大酒を呑んでいて、参勤交代という制度がおかしいだとか、幕府の役人は自分たちの私腹ばかり肥やして、他藩の苦しみがわかっていないと口にしていたことがあった。

また、そのときに、いずれ西国の大名たちが反旗を翻すことがあるだろうと断言していた。

道場で呑んでいたので、まさか誰かに聞かれたとは思っていないが、そのことが関わっているかもしれないと心の片隅では思っていた。

だが、あとで金銭の揉め事だと知り、あのときのことではないと安心したのを覚えている。権太夫は意味ありげな顔をしながら、

「それで、道場が閉鎖されてからのおふたりのご関係は？」

と、きいてきた。

「又右衛門は交友関係が広かったので、方々で用心棒の仕事があった。ただひとり

では回しきれないので、一緒に手伝ってくれと言われたこともある」

「では、ご関係は続いていたのですね」

「まあ、少しだけな」

「少しだけといいますと?」

「ある時、又右衛門が引っ越して、会うことができなくなった」

「それっきりというわけですね」

「ああ」

まさか、それからすぐに命を落としていようとは……。

「俺からもききたいことがある」

九郎兵衛は改まって言った。

「なんでしょう」

「『五島屋』にいる婆さんと小僧にも、注意を払ったほうがいいのか」

「あの者たちは、ただ雇っているだけでしょう。ただ、もうひとり、注意したほうがいい者がいるかもしれませんね」

「誰だ」

「そのうちにわかるはずです」

「なぜ、今教えぬ」

「………」

権太夫は、不敵な笑みを浮かべて、

「私は明日、江戸を発ちます。ですので、これからのことはすべて松永さまの判断にお任せします」

と、念を押すように言った。


翌日の朝。

九郎兵衛は、権太夫が本当に江戸を発つのか、高輪の大木戸辺りで待っていた。

すると、権太夫は見知らぬ用心棒らしいふたりと一緒に来た。ひとりは機敏そうな体つきで、もうひとりは力が強そうだ。

目つきも常人ではないほど、厳しいものであった。

権太夫は裏で何をしているのかわからないだけあってか、自分の身を守ることも、かなり気を付けているのだろう。

九郎兵衛は木の陰から見て、声をかけずに、その場を離れた。

それから、小石川片町へ行った。昨日、舟吉が言っていた福建寺という寺はすぐわかった。境内《けいだい》には手狭な墓地があるが、近くの商家の大店よりも小さかった。

九郎兵衛は庫裏《くり》を訪ねた。

そこの八十近くの住職に、

「つかぬことを訊ねるが、お主は『五島屋』の主人、舟吉を存じておるか」

と、確かめた。

「それはもう」

住職は大きく頷いてから、

「あの旦那には、随分と寄進をしていただいております」

「左様か」

「そのことで何か？」

「いや、お主は舟吉に悪い相が出ているとでも言ったか」

「はい」

住職は頷く。

舟吉の言っていることは嘘ではなかった。

「どういうことで、悪い相が出ていると言ったのだ」

九郎兵衛はきいた。

なぜそのようなことを知っているのかという不思議そうな顔をされたので、新しく用心棒として雇われたのだが、あまりに舟吉が住職に言われたことを気にするので確かめに来た、と伝えた。

すると、住職は軽く頷き、

「なんと言いましょうか。誰かの怨念のようなものが取り憑《つ》いていたんです」

と、答えた。

普段であれば、九郎兵衛はそのようなものはすべてまやかしだと取り合わない。

本当に怨念なのか。

この住職は何か知っていて、こっそり報せたのではないか。

九郎兵衛は自分でも感じるほど、やけに疑い深くなっていた。

「つまり、死んだ者で舟吉に恨みがある者がいると?」

「いえ、必ずしも死人だけとは限りません」

「というと?」

「そもそも、怨念というのは、恨みや憎しみなどの感情が強いと肉体から抜け出して、他人に取り憑いて災いをもたらすものです。生霊《いきりよう》というものもございますから」

「住職はその霊が見えたのか」

「なかには見えると仰《おつしや》る方もいるようですが、私にはそのような力はございません。ただ、人相が良からぬように見えたので、もしかしたらと思いまして。ただ、これはひとつの考え方でありまして、必ずしもそうなるわけではありません。まさか、あの旦那がそこまで気になさるとは」

住職は意外そうに言った。

「では、本当に何かがあると伝えたわけではないのだな」

「はい、気を付けるに越したことはないと、伝えたかったのですが……」

「真に受けるというのは、舟吉がそれだけ信心深いというか、なんというか」

「信心深いのとは違うかもしれませんが、たしかに、『五島屋』の旦那はご先祖さまを敬っておられるようで。お墓が五島にあるものでなかなかお墓参りに行けない代わりに、毎年の法事はこちらでしっかりと執り行っております。その時には、今のご自身があるのは、ご先祖さまのご加護があるからだと、口癖のようにお話しされていますね。それはご尊父譲りなのでしょう」

「住職は、舟吉の父親も知っているのか」

「ええ、あの方が江戸にやってきて、すぐの頃から知っていますよ」

「父親は荒物屋をやっていたと聞いたが」

「はい。でも、荒物屋を始めたのは、亡くなる五年ほど前でしたかね。それまでは色々な商売をしていました。最初は野菜の棒手振《ぼてふ》りでしたが、小間物を売ったり、呉服のほうに手を出したり……」

住職は遠い目をして、ほのかに微笑《ほほえ》み、

「あの方は根が真面目で、五島の親戚を支えていかなければならないということで、人並み以上に働いていました」

「荒物屋を始めたというのは、どういう経緯なんだ」

九郎兵衛は念のためにきいた。住職は饒舌で、訊ねればなんでも話してくれそうな趣があった。

「あるとき、商売のことで知り合った方から荒物屋を勧められたそうです。ちなみに、店の名も、『五島屋』といいました」

「なら、それを継いでいるのだな」

「はい。ご尊父のことを心から慕っているようです」

「たしか、舟吉が十歳のときに殺されたとか」

「ええ。酔ったお侍さまに」

「その侍はどうなったのだ」

「すぐに捕まったのですが、大番屋から牢屋敷へ送る途中に逃げ出しました」

「それで?」

「行方はわかりません。江戸から逃げおおせたという話もありますし、大川に身を投じて亡くなったという者もいます。当時の同心はそのことで罷免《ひめん》されました」

「罷免……」

「罪人を逃がしてしまったのですから、責任は負わなければならないのでしょうが、あまりにも不憫《ふびん》でなりませんね」

「舟吉が十歳というと、三十年以上前のことか」

「もうそんなに経ちますかね」

そんな話をしていると、鐘の音が聞こえてきた。

「つい、話し込んでしまいました」

「色々教えてもらって助かった」

「ただのお喋《しゃべ》りになってしまいましたが」

「いや」

「旦那に会いましたら、ただの住職の独り言だと思ってくださいとお伝えくださいますか。あまり、気になさると、かえってよくないでしょうから」

九郎兵衛は任されて、福建寺をあとにした。

四

暮れ六つ（午後六時）が過ぎた。

郡代屋敷の裏手は、昼間の倍以上の人出があった。

まだ陽が暮れたばかりだというのに酔っぱらって道の片隅にうずくまっている者

の姿も見える。

その者に一瞥もくれずに、あの腰掛け茶屋の娘が艶《いろ》っぽいだの、今度はどこで博《ばく》打《ち》をしようだの言いながら通り過ぎていくふたり連れの職人たちが九郎兵衛の前を歩いていた。

町の様子を観察しながら歩いていると、目抜き通りの目立つところで、

「お宿をお探しの方はいらっしゃいませんか。手前ども、部屋は綺麗で、広く、それでもって安い。しかも、明日の朝飯までお付けいたします。少し場所が悪いのだけは目を瞑《つむ》っていただきたいですが、それ以外は申し分ないと、自負しております。今夜はあと二部屋残っていますよ。すぐに埋まってしまいますのでお急ぎくださいませな」

と、すらすらと行き交う人に向かって声をかける客引きがいた。吐く息は白いが、寒さを感じられないはっきりとした声だ。

客引きの顔を見てみると、五島屋舟吉だった。

「松永さま、昨日は失礼いたしました」

九郎兵衛は近づいた。

「こんなところで客引きか」

「ええ、手前どもの宿は不便なところにあるので、こうやって呼び込みをしない限りやってこないんです」

「そうかもしれぬが、そんなことは小僧に任せておけばどうなんだ」

「いいえ、あいつはまだ十五で、お客さまの案内をするだけでもやっとでございます。客引きに出したところで、はたしてうまくできるかどうか……」

舟吉は厳しそうな顔をして、首を傾げた。

「店のほうは大丈夫なのか」

「万事、婆さんと小僧でなんとかやっております」

「あのふたりも、なかなか働き者なのだな」

「ええ、うまくできないなりにも、頑張ってくれていますよ」

舟吉は笑いながら答え、

「そうだ。婆さんに、『五島屋』の中を案内してもらってください」

と、言った。

またあとでゆっくり話そうと、九郎兵衛は『五島屋』へ向かった。

『五島屋』へ行くと、婆さんがにこやかな笑顔で出迎えた。最初の気まずい空気はどこへ行ったのかと思うほど、馴染みのような親しさであった。それを指摘すると、

「本当に円寂や須崎さまのことがあって、松永さまのことを変な目で見てしまっていただけです」と、許しを乞うように言う。

婆さんの謝る姿は、心の底から哀れに見える。

「舟吉から、お前さんにここを案内してもらってくれと言われている」

九郎兵衛は話を逸らした。

婆さんはまだ気にしていながらも、

「もちろんでございます。どうぞ、こちらへ」

と、一つひとつの部屋を案内してくれた。空いている部屋は中に入り、客がいるときは外で静かな声で説明する。

一階には四部屋あり、二階には六部屋ある。いずれも部屋の広さは六畳で、値段も変わらないという。

客筋は商人、医者などさまざまであるという。今は八部屋が埋まっている。商人

ばかりで、ひとりだけ昨日から泊まっている浪人がいるという。

「その浪人を見ても、須崎左近のことを思い出すか」

九郎兵衛はきいた。

「まあ、それは……」

婆さんは否定するわけでもなく、口ごもる。

「そうなのか」

九郎兵衛は念を押すようにきいた。

「もう本当に目がおかしくなっているのでしょう。松永さまは怪しい方ではないとわかりました。でも、他の方については、どうしても疑って見てしまうんです」

「仕方ない」

九郎兵衛は婆さんは悪くないと強調して慰めた。

それでも、「私の思い違いで、松永さまを不快にさせてしまい……」と反省の弁を述べる。何度も慰めているうちに、「でも、私が疑っているのも、全くのでためではないと思うんです」と、上目遣いに言った。

婆さんからすると、街中で見かける浪人を怪しむようなことは滅多にないという。

そもそも、『五島屋』に浪人が泊まることは少ない。一年に数人程度だそうだ。その理由についても、江戸に暮らす浪人は、もっと大名屋敷に近いところに寝床を押さえるのだそうだ。

「理にかなっているな」

九郎兵衛は、ぽつりと呟いた。

案外、この婆さんの目は侮れないと思った。こちらの思惑も見透かされないように、気を引き締めなければならない。

「今泊まっている客に、怪しいところは他に何かあるのか」

「この二日間とも、夜四つ（午後十時）くらいに帰ってくるんです。そのわりには、酔ってもいなくて」

「誰かと会っているだけではないのか。下戸《げこ》かもしれぬ」

「でも、部屋では少し呑むんです」

婆さんは疑い深い目で言う。

「他には？」

「いえ、それくらいなのですが」

「お前さんの考え過ぎかもしれないが、疑うに越したことはないな」

「ええ……」

婆さんは下を向いた。

咳払いしてから、

「あと、松永さまにご案内するとしたら、『五島亭』のことくらいでしょうか」

と、言った。

「なんだ、そこは」

「寄席《よせ》です」

「寄席？」

「すぐ近くで、大通りに出たところにあるのですが」

舟吉から聞いていなかったのかというように目を丸くしてから、言ってはいけないことを言ってしまったのではないかというように苦い顔になった。

「舟吉が『五島亭』という寄席を持っているんだな？」

九郎兵衛は強い口調で確かめた。

「は、はい」

「誰かに任せているのか」

「そうです」

今まで、婆さんの口からすらすらと言葉が出てきていたのに、口が重たくなっていた。

「誰なんだ」

九郎兵衛はさらにきいた。

「徳松《とくまつ》さんという方です」

「その徳松というのは、宿のほうでは働かないのか」

「はい、寄席だけで」

「というと、元は噺家《はなしか》か？」

「吉原《よしわら》の太鼓持《たいこも》ちだったそうです。噺家たちとも交流があって、若手から中堅くらいの方たちがあの寄席には出ています。皆さん、本当にお上手な方ばかりですよ」

婆さんは言った。

「お前さんもよく行くのか」

「恥ずかしながら、好きなものでして」

「何も恥じることはない。舟吉も寄席が好きだからやっているんだろう」

「はい、そのようでございます」

「この宿と寄席はどっちのほうが古い」

「こちらでございます」

「寄席はいつ出来たんだ」

「今年です」

「円寂が訪ねてくるよりも前にあったのか」

「三月前くらいには」

「円寂が訪ねてきたのが春と言っていたから、年明けすぐにでも出来たのか」

「はい。正月二日に」

「そうか」

九郎兵衛は頷き、

「寄席も繁盛をしているのか」

と、きいた。

「はい。うちにお泊まりになる方でしたら、ただで観ることができますので大抵の方は行きますし、旦那は寄席のほうの呼び込みもなさっていますので」

「随分と熱心なんだな」

「旦那は本当に優しい方で、皆さんに喜んでいただければ、それでいいんです」

「珍しいな」

「ええ、本当に……」

婆さんは頷いた。

それから、思い出したように、

「そういえば、今日は『三国志演義』の『五丈原《ごじょうげん》の戦い』の講釈をトリでやるそうで、近所では講釈好きの人が大盛り上がりですよ」

と、弾《はず》むような声で言った。

「お前さんも観に行くのか」

「いえ、私は店番していないといけませんから」

「だが、泊まっている者たちは皆行くんだろう？」

「まあ、今日のお客さまたちは皆さん行かれると仰っていますが、万が一何かあるといけませんので、私は残っていないといけないんです。いつも、小僧と私、交代で寄席に行かせてもらっていまして、今日は小僧が行く番なんです」

「だったら、俺が店番をしてやるから行ってきたらどうだ」

「え？　そんなことは……」

婆さんは申し訳なさそうな顔をしながらも、内心は行きたそうな声が漏れ出ていた。

「何をすればいいのか教えてくれれば、万事うまくやっておく。こういうことは初めてではないから、安心しろ」

九郎兵衛は言い放った。

婆さんの顔が急に綻《ほころ》び、喜々として何をすべきか教えてくれた。だが、特にこれといったことはなく、誰か来たら応対すればいいだけだそうだ。

「それなら、俺にもできる」

九郎兵衛は婆さんを送り出した。

半刻（約一時間）ほどが経った頃、舟吉が『五島屋』に戻ってきた。

舟吉が婆さんを探していたので、寄席に行かせたことを伝えた。

「ほんと、あの人は……」

舟吉は呆れるように、ため息をつく。

「いや、俺が留守を見ているからって言ったんだ。責めるでない」

九郎兵衛は婆さんを庇った。

「でも、松永さまにそんなことをさせてしまっては……」

「構わぬ。あの婆さんは講釈が好きそうじゃないか」

「ええ、特に『三国志演義』は本当に好きなようでしてね」

舟吉はそう言ってから、改まった表情で九郎兵衛を見た。

「なんだ」

九郎兵衛は眉を顰《ひそ》めてきいた。

「こんなことを申し上げては失礼ですが、初めに松永さまとお話ししたときの印象と違いました」

「どう違うのだ」

「もっと冷酷な方だと思っていました。もちろん、いい意味でございますけど」

「いい意味で冷酷なぞあるか」

九郎兵衛は苦笑いして言い返す。

「言い換えれば、ただ淡々と与えられた務めをこなせる信頼のおける方に思えたんです。でも、かなり情があるお方のようで」

「これくらいのことで、情とは言えん。無駄なことが嫌いなだけだ。留守番はひとりで十分だろう」

「なるほど。理にかなっております」

舟吉は見極めるように目を細めながら、感心するように言った。それから、舟吉は茶でも淹《い》れましょうと、裏庭が見渡せる部屋に通した。どうやら、ここが舟吉の居室のようだ。だからといって、他の部屋と比べて、特段広いわけではなかった。

「婆さんはこの部屋の説明をしてくれなかった」

九郎兵衛が言うと、

「おそらく、私に叱られると思ったのでしょう」

舟吉は答えた。

「叱られる？」

「まだ店が出来たての頃、婆さんが私の部屋を勝手に掃除したことがございまして。今は片付いていますが、方々からいただいた文《ふみ》やら何やらで散らかっていることがあるんです。でも、散らかっているように見えても、私はちゃんと何がどこにあるのかを把握していまして。それを婆さんが一つの場所にまとめて置いたものですから、何がなんだかわからなくなり、注意したんです。それから、私の部屋には入るどころか、近づかないようになりましてね」

舟吉は呆れるように言った。

「あの婆さんは思っていたよりも、素直らしいからな」

「そうなんでございます。ちょっとしたことで腹を立てますし、癖が強いのですが、根は素直なんでございます」

舟吉が答える。

「ところで、『五島亭』の説明は受けていなかったな」

九郎兵衛は思い出したように言った。

「また後ほどしようと思っていました」

「お前さんの趣味のようなものか」

「まあ、そうでございますね。唯一の道楽といってもよいかもしれません」

舟吉は頷く。

「繁盛しているようだな」

「ぼちぼちでございます。好きでやっているようなものですから、これで金儲《もう》けをしようとは思っておりません」

「宿で儲ければいいってことか」

「そもそも、私には金儲けという考えがあまりないので。ただ、お客さまに喜んでいただければ、それで十分でございますから」

「本心で言っているのか？」

「もちろん」

「商人にしては珍しいな」

「近頃の商人は、そういう気持ちを忘れて、ただの金儲けに走っている傾向が見られます。しかし、お客さまはよく見ていますから、そんなことでは商売は長く続きません。きっと、何代にもわたっている商家というのは、そういうところがしっかりしているのでしょうね。私も見習わなければなりません」

舟吉は九郎兵衛の顔をまじまじと見つめるわけでもなく、かといって目を逸らすわけでもなく、言い聞かせた。

「お前さん、女房は？」

九郎兵衛はきいた。

「見てのとおり、おりません」

舟吉が即座に否定する。

それから、「この年まで、商売一筋でやってきましたから」と、ぼそりと答えて、九郎兵衛に微笑みかけた。

まるで、同じ質問を投げかけてくるような目であった。

「女房がいないってことは、子どももいないのか」

と、切り返した。

「ええ、もちろん」

「だったら、何代も続けるというのは？」

「この様子では女房をもらうことさえできないかもしれませんから、うちで働いている小僧を養子にして、跡を継がせることなんかも考えております」

「あの小僧は、お前さんが見込むほどの者なのか」

「まだまだ足りないところばかりではございますが、非常に熱心ですし、色々なことに興味がございますから、私なんかよりも、ずっと良い商人になりそうな気がしています」

舟吉はにこやかに笑った。

「松永さまも、お世継ぎがいなければ御家が途絶えてしまうではありませんか」

「大した家柄でもない。滅びたところで」

「いえ、そんなことはございませんよ。もし、誰かお探しでしたら、私のほうでも色々とお世話いたします」

「まあ、そうだな」

九郎兵衛は曖昧《あいまい》に答えた。

舟吉も女を善意で紹介しようなどと考えてはいないだろう。だが、自分が騙《だま》されている振りをしていたほうが、相手の動きは摑みやすい。

「前々から、色々な方に誰かいい人がいたら、紹介してくれと言われているんです。その度に、誰かをご紹介したい気持ちはあるのですが、しっかりとした方でないと、先方も困るでしょうから、なかなか……」

舟吉は苦笑いする。

「俺だって、ただの浪人だ」

「そんなことはございません。何か大きなことをなさる方のように見受けられます」

「大きなこと？」

九郎兵衛は探りを入れたが、

「私はそう見ております。ですので、これを機に松永さまとは今後ともいいお付き合いができたら幸いにございます」

舟吉が改まった様子で言う。

「あの婆さんも、小僧も、話しやすい。ここで用心棒をするつもりだ。それに、お前さんの身も心配だからな」

九郎兵衛は答えた。

舟吉は頭を下げ、にっこりと笑う。

「だが、俺のことをまだ十分に知っているわけではないのに、よく信頼できるな」

九郎兵衛は探りを入れた。

「私の目に狂いはないと思います。松永さまであれば、信頼がおけそうですし、うまくやってのけていただけそうだと思っております」

舟吉の目の奥が、どこか怪しく光っている。

つい、訝しむ。

やはり、舟吉にはどことなく、権太夫と似たようなものを感じる。

だから、裏があるように感じるのだ。

そもそも、権太夫の頼んでくることだから、舟吉の件は、一筋縄ではいかないだろう。この任務が終われば、妹の居場所を教えると言っている。その言葉を信じるしかない。もし、妹の居場所がわかれば、ふたりで江戸を離れて暮らしたほうが互いのためかもしれない。長い間、離れ離れになっていて、せっかく再会したのにもかかわらず、兄妹の両方とも権太夫の手のうちで踊らされている。

権太夫がどのように妹を探してきたのかはわからない。ただ、九郎兵衛をうまく利用するためであることには違いあるまい。あるいは、妹のほうを先に知っていて、その後に九郎兵衛の存在に気が付き、これを利用しようとしたのだろうか。

いずれにせよ、権太夫の仕事を引き受けている限りは、貧乏暮らしをしなくて済むが、その分、何をさせられるのかわからない。

改めて舟吉を見て、顔や声や雰囲気が全く違うのに、やはり権太夫と重なるところを感じた。

「松永さま、随分とやる気に満ちた顔をしていますが……」

舟吉が冗談っぽく言った。

「すまぬ。殺しと聞くと、ついそうなるのだ」

「過去に何かあったのですか」

「これでも武士の端くれだからな」

九郎兵衛はいい加減に答えた。

「深くきいてはいけませんね。失礼いたしました」

舟吉が軽く頭を下げる。

その時、勝手口の方から物音がした。

婆さんと、小僧が帰ってきたのだった。

「松永さま」

と、廊下から小僧の声がする。

九郎兵衛が舟吉の部屋から廊下に出て、声の方に歩きだした。後ろから、舟吉も付いてきた。

廊下の途中で、ふたりに出くわす。肩には雪がのっていた。

小僧が九郎兵衛を探しに来て、

「あっ、旦那もお帰りで」

と、襟《えり》を正した。

「ちょうど、降ってきましてね。この様子じゃ、積もりますよ」

婆さんが出し抜けに言った。

舟吉はそんなことに構いもせずに、

「ふたりして、松永さまのご厚意に甘えたそうだな」

と、低い声で言った。

「本当に、ありがたいことで」

婆さんが頭を下げる。

「でも、いくら松永さまがお許しくださったって、留守番を押し付けるようなことは今後いけませんからね」

舟吉が懇々と説いて、ちゃんと礼を言うように、ふたりに指示した。

ふたりとも、舟吉に従った。

まるで、舟吉がふたりの親のようであった。

「えーと、なんの話でしたかな」

舟吉が上目遣いで、思い出すように言う。

「そういえば、明日、会合がございます」

「明日か」

「ご予定がございますかな」

「いや、予定なぞない」

「では……」

「付き添おう」

「ありがとうございます」

詳しく聞くと、昼過ぎに三囲《みめぐり》神社の近くへ行くということだった。

五

翌日、四つ（午前十時）前に、九郎兵衛は舟吉と一緒に『五島屋』を出た。昨夜の雪はもう止んでいたが、道端には、雪が残っていた。いくらか凍っているところもあって、足を滑らす者の姿も見えた。九郎兵衛も、芝から『五島屋』まで来る途中、幾度か足を取られそうになった。

舟吉は、「雪の翌日はこれだから苦手です」と笑っている。

駕籠《かご》を使うことはないのかきいてみると、

「私なんぞが、駕籠など使える身分ではございませんから」

と舟吉は謙遜《けんそん》した。

「それに、私は貧乏性が抜けませんし」

「だが、金はあるだろう」

「いえ、そんなことございませんよ」

「あれだけ繁盛しているではないか」

「色々と出費が多いのでございます」

「出費？」

「ええ」

舟吉が小さく頷く。

何に使っているのかきかないでおいたら、

「実は五島に親族がおりまして、そちらに送っております」

と、告げてきた。

「親族の面倒も見ているのか」

「はい。父は八人兄弟なのですが、父だけ江戸に出てきて、他の者たちは五島に残って細々と百姓をしています。ですが、なかなか厳しいようで、私が支えている次第で……」

「八人兄弟、全員を支えているのか？」

「はい。その家族も含めると、全員で三十名ほどになるんですが」

「そこまで面倒を見る義理があるのか」

「そうではありませんが、父が生前に兄弟には随分と迷惑をかけたと語っていましたし、兄弟たちが餞別《せんべつ》としてなけなしの金をくれたそうです。そのお陰で、父は江戸に出てからも細々とやってこられたのであって、だからこそ今の私があります」

　舟吉は笑顔で答える。

　やがて、ふたりは浅草広小路《あさくさひろこうじ》まで来て、吾妻橋《あずまばし》を渡った。橋の下には、冬だというのに、屋根船《やねぶね》が何艘《そう》も出ていた。しかも、朝から賑やかそうに芸者などを連れている。

「ちょうど、昨日雪が降りましたから、向島《むこうじま》あたりの雪でも見に行くんでしょう」

　舟吉が続ける。

「まあ、ああやって大枚を叩《はた》いてくださるお大尽さまたちがいるから世の中は回っているんでしょうが、私にはちょっと……」

「苦手か」

「よさがわかりません」

「つくづく真面目だな」

「いいえ、気を引き締めていないと、すぐにだらけてしまいますので」

　吾妻橋を渡りきると、北風が吹き、一段と冷たく感じられる。さらに、雪も余計に積もっている。

水戸《みと》藩の下屋敷の前を通り、堤沿いを三囲神社へ向かった。

途中、木の葉が揺れる度に、誰か出てくるのではないかと身構える。

何度かそのようなことが続くと、

「どうしたのですかな」

舟吉がきいてきた。

「いや、お前さんを狙う者がいるかもしれないからな。油断していられぬ」

「そこまでお気を遣って頂《いただ》けるとは」

「何を呑気《のんき》な」

そう言いながらも、九郎兵衛は周囲を警戒している。

やがて、三囲神社が見えてきた。

「この近くでございます」

ふたりは三囲神社のふたつ手前の角を曲がった。少し進んだ先の右手に古そうな店構えの餅屋があった。

「こちらです。半刻（約一時間）ほどで終わるでしょう」

舟吉は裏手から入っていった。

九郎兵衛はひとりになって、三囲神社の周囲を歩いた。

ここに来たのは、実に半年ぶりであった。あのときも、権太夫の仕事を請け負っていた。春には大川沿いの堤に桜が咲き誇っているので、人の出も多いが、この寒い季節に向島にわざわざ足を運ぶ者はそう多くなかった。

四半刻（約三十分）ほど歩き回っても、通りすがったのは、たったのふたりであった。

ひとりは俳人か茶人風で、宗匠帽《そうしょうぼう》を被っていた。もうひとりは、百姓のようだった。

一度、餅屋に戻ってみたが、まだ出てくることはなかった。耳を澄ましても、中から声すら聞こえてこない。

もう一度、三囲神社の方へ行ってみた。

すると、細身の三十男が鳥居をくぐって出てきた。百姓姿で、痩せて、背が高い。

どこかで見たことのある顔。向こうも九郎兵衛に気が付いたのか、顔を背けて、
九郎兵衛とは反対側に歩いていく。

誰だったか。

九郎兵衛は後ろを振り向く。

後ろに目でも付いているのか、男は急に早足になって、次の角を大川とは反対方面に曲がった。

(もしや……)

半年前、権太夫の仕事で斬った死体をこの近くの納屋に運んだ。その納屋に置いた死体が火事とともに焼失したことがあった。その後、疑問に思った九郎兵衛は、三囲神社に来た。その時に、通りかかった村役人を名乗る男が有益そうなことを教えてくれた。

だが、結局はその男は後に村役人ではないとわかった。

姿は異なるが、心なしか、その男に似ている。もしそうだとしたら、権太夫の手先のはずだ。

頭の中で、さっきの男の顔がくっきりと浮かぶ。

(その男に違いない)

九郎兵衛は心の中で決め付けた。

あの者は、権太夫の命で、再びこの土地に現れているのか。それとも、たまたま近所に住んでいるのか。

疑問に思いながら、また三囲神社の近所を歩いて回る。

だが、あの男を見つけることはできなかった。

(またここに来て、調べてみよう)

どうせ、昼間は『五島屋』の仕事もない。

あの男を調べてみれば、権太夫がなぜこうも九郎兵衛を利用しているのかがわかるかもしれない。

そんなことを考えながら、餅屋の裏側に戻った。

じっとしていると、大川から吹き抜ける風がやけに冷えて、頬が痛いくらいであった。さっき出くわした男に想いを馳せていると、舟吉がひょっこりと姿を現した。

「このあと、どこかに寄るのか」

九郎兵衛はきいた。

「いえ、このまま帰りましょう」

心なしか、舟吉の表情が暗い気がした。

なんの会合だったのか。九郎兵衛はあえてきかなかった。

「今まで、用心棒を雇ったことはあるのか」

「ございます」

「最近は？」

「なかなか、これといった方との巡り合わせがございませんでしたので。雇っても、すぐに辞めていただいておりました」

「弱そうな者ばかりだったのか」

「いえ、剣の腕前は私にはよくわかりませんが、細かいところに気付けるようでなければ」

「細かいところというと？」

「さきほどの松永さまのようなことです。誰かに狙われているのではないかとか」

「侍なら、誰しもそれくらいの勘は働くはずだが」

「いえ、そうでもございません」

舟吉は首を横に振る。

「過去に、何か危ない目に遭ったことがあるのか」

「襲ってきたわけではありませんが、やたらと私のことをきいてきた方がいました」

「いつの話だ」

「ふた月くらい前のことです。まさにこの辺りで」

「その時も、さっきの餅屋に用があって？」

「そうです」

「相手はどんな奴だった？」

「痩せて、背の高い男です。百姓の姿をしていましたが……」

九郎兵衛は、はっとした。

さっきの男が脳裏に浮かんだ。

「松永さまもご存じで？」

舟吉がきいてくる。

「さっき三囲神社の近くで似たような男を見かけたから、もしやと思ったのだ」

それが、過去に因縁《いんねん》がありそうな相手だとは告げなかった。

舟吉は何やら考えるような顔つきになった。

「また、あの者が……」

舟吉は考え込む。

その時、背後で妙な音がした。

九郎兵衛は振り返る。

「松永さま？」

舟吉がきいてきた。

誰かに尾けられている気がしてきた。しかも、殺気がする。

九郎兵衛は足を止めた。

「また誰かに？」

舟吉は不安そうな顔つきで、心なしか九郎兵衛に体を寄せてくる。

その瞬間、不意に後ろの木陰が動いた。

九郎兵衛は咄嗟《とっさ》に舟吉の前に立ち、刀を抜いた。

正面からひとり。さらに、左右からも視線を感じる。

「何か左の方で動いたような」

舟吉が囁《ささや》いた。

九郎兵衛はその方を見る。

しばらく、刀を構えていると、急に諦めたようにすばしっこい足音が遠ざかっていった。

「誰かいましたね」

舟吉が顔を青白くする。

「わからぬが」

どうして、襲ってこなかったのか、不思議だった。もし、舟吉が九郎兵衛の実力を試すためであったら、襲わせているはずだ。九郎兵衛の刀の構えで相手がひるんだのだとしたら、あまり剣の腕に自信のない追剝《おいはぎ》だったのか。

それとも、舟吉は本当に襲われるかもしれないと予知して、九郎兵衛を護衛につけさせたのか。

様々なことが頭の中で渦巻いた。

空を見上げると、西から重たい雲が流れてきていた。

夜も遅くになって、九郎兵衛は『五島屋』を出た。

宿では、特にすることもなく、ただ時を過ごしただけであった。帰り際、毎日、芝から通ってくるのも大変だろうから、『五島亭』の二階を使ってくれとも言われたが、やんわりと断った。

近くに住んでいたほうが何かと相手を探れるが、かえってこちらも常に監視されるかもしれない。

『五島屋』から自宅に帰る途中、また尾けられている気配がしていた。

考えられるのは、舟吉の手先、権太夫に指示された者、そして昼間に襲おうとした連中だ。むろん、昼間の連中が舟吉、もしくは権太夫の一味ということも、十分にありえる。九郎兵衛はいつものように、神田明神に寄ってから、角を何度か曲がり、愛宕を通って芝にまでやってきた。

どこからか、尾けられている気配は消えた。

それでも警戒して、すぐには自宅に入らずに、一周回ってから帰った。

体を水に濡らした手ぬぐいで拭き、刀を念入りに研いでから、寝床についた。だが、どこか不安な気持ちが湧いてきて、なかなか寝つけなかった。

第二章　怪しき者たち

一

昼前、九郎兵衛は『五島屋』に顔を出した。

ちょうど、掃除が終わったところのようで、婆さんと小僧が休憩していた。

「あら、松永さま。旦那とご一緒ではなかったのですか」

婆さんが言った。

「いや、今日は何も言われていなかったが、舟吉はどこかに出かけているのか」

「それほど遠くではありませんが、神田紺屋町《こんやちょう》まで」

「何しに行ったのだ」

「旦那が持っている長屋があるのですが、店子《たなこ》のところに」

「長屋を持っているのか」

九郎兵衛はまたも驚いてきき返した。

「ええ、まだ『五島屋』を開く前に貯めたお金で安値で買い取ったそうです。五島に住む親戚への仕送りもあるので、店賃《たなちん》もすべてそれに当てているようですが」

「そんなに遠くないから、俺を付けなかったのだろう」

「おそらく、そうだと思いますが、昨日も何やら襲われそうになったとか」

「ああ」

九郎兵衛が頷くと、

「松永さまが刀を構えると、相手は一目散に逃げていったと旦那さまが仰っていました」

小僧が弾むように言う。

そんな話をしていると、舟吉が帰ってきた。それを合図とばかりに、婆さんと小僧がそろそろ仕事に戻ると立ち上がった。

九郎兵衛は舟吉と顔を合わせるなり、

「神田紺屋町に長屋を持っているそうだな」

と、確かめた。

「それもお伝えしていなかったですね。その場にならなければ、松永さまにお伝えすべきことが思い出せず……。大分、ぼけてきているのでしょうかね」

舟吉は自嘲する。

「それだけ多くのことをしているからだろう。店賃もすべて親戚に送っているそうだな」

「はい。とても宿での稼ぎだけでは間に合いませんから」

「つくづく、お前さんは自分のためというよりも、他人のために尽くすのだな」

九郎兵衛はなんの気もなしに言った。

舟吉は目をぎょっとさせたが、

「松永さまの考え過ぎでございますよ」

と、笑顔を作って返した。

「考え過ぎ？」

九郎兵衛はきき返したが、舟吉は聞こえていなかったのか、そのまま流した。

「それよりも、昨日の一件ですが」

舟吉は重たい声で言った。

「もしかしたら、私のことをずっと尾け狙《ねら》っているのかもしれません。と、言いますのも、先ほど神田紺屋町の長屋の店子に、私のことをききまわっていた者がいたと言われました」

「お前さんのことを……」

「もしや、松永さまが私のことを訝しんで調べたのかとも思いましたが、その特徴は松永さまとはまるで違うようで」

「俺を疑っているのか」

「いえ、そうではございません。私が松永さまの立場であれば、そうするなと思いまして」

「お前さんのことを疑ってはおらぬ」

「恐れ入ります」

舟吉は頭を下げてから、

「しかし、一体誰が私のことを調べているのだろうかと不気味になりまして」

と、言った。

「円寂の手先か」

「今さら、調べるというのは……。とっくに、知っていると思いますので」

九郎兵衛は舟吉が何を言わんとしているのかがわかった。

「つまり、円寂とは別に、お前さんを狙っている者がいると？」

「わかりませんが」

「誰かに恨まれた覚えは？」

「全くありません」

「お前さんが何か嫌なことをしていなくても、商売敵とか」

「どうなんでしょう。なるべく、気を遣っていますし、近所の同業の方々から文句を言われたこともありません」

舟吉は首を傾げた。

九郎兵衛にしても、権太夫が舟吉に対して、よからぬことを企んでいる以外にはわからない。ただ、三囲神社で出くわした男はなんだったのだろう。あの男が舟吉に接触していたのならば、権太夫の指示だろうか。

(なぜあの男と俺のふたりに、舟吉のことを依頼するのか)

あの男がうまく任務を遂行できなかったのか。それとも、あの男がうまくいかなかったときのためなのか。はたまた、裏にいるのが権太夫だと悟られないようにするためということも考えられる。

あの権太夫のことだ。常人では思いつかないことを企んでいそうだ。

舟吉は相変わらず心配そうな顔で、

「松永さまは昨晩と今朝は何もなかったですか」

と、きいてきた。

「ああ」

「でも、お気を付けくださいませ」

「襲われても、返り討ちにしてみせる」

「それは頼もしい限りです」

「お前さんのほうが心配だ」

「松永さまが付いていますから」

「だが、俺がいないときに……」

九郎兵衛が続けようとしたときに、

「私がひとりで行くのは、近場でしかありませんから。それに、夜までには必ず店に戻っています」

と、言葉を被せた。

「だが、いくら近場であっても、何があるかわからない」

「まあ、そうなのでございますが」

「それに、本当に狙っている奴は、人目があっても死角を狙って襲ってくる」

九郎兵衛は力強く言った。

「…………」

間が出来た。

舟吉は何やら考えるふうに顎に手を遣る。

「たしかに、油断していられませんが」

「ああ」

「もし、松永さまが私の命を狙うように頼まれていたとしたら、人通りが多いところでも狙いますか」

「そうするな」

まさか、こちらの狙いが漏れているのではないか。心の臓がどきりとしたが、そんなことはおくびにも出さずに、淡々と答えた。

舟吉は眉間《みけん》に深い皺《しわ》を寄せて、

「しばらく、呼び込みは控えたほうがいいかもしれませんね」

と、独り言のように言う。

「呼び込みしているときも、俺が傍に付いていてもよいが」

九郎兵衛はそっと付け加えた。

「そうですね……」

舟吉は語尾を伸ばして、虚空《こくう》を睨みつけた。


この日は、何も起こらなかった。

舟吉はいつもしている呼び込みに出なかった。

さっきの話を婆さんが廊下で盗み聞きしていたらしく、「旦那にもしものことがあったら困ります。松永さまも、あのように人通りが多いときにも狙われるかもしれないと仰っていますので、どうかお止しくださいと、行かせたくないようであった。

舟吉は盗み聞きされたことに、

「もうそういうことはしないでおくれ。あまり好《い》い気持ちでないからな」

と、注意した。

「でも、私は旦那が心配で言ったまでですのに」

婆さんがどこか不貞腐《ふてくさ》れたように、言い返す。

「わかってる。お前さんに悪気がないことは」

舟吉が慰めると、

「すみません。出過ぎた真似を」

婆さんは頭を下げた。

しかし、そこでは引き下がらずに、

「ともかく、呼び込みはお止しください」

と、婆さんは言い放った。

「そうですよね？　松永さま」

婆さんは九郎兵衛に同意を促すような目を向ける。

「万が一のことを考えればな」

九郎兵衛は小さく頷いた。舟吉は、今日はまだ空室があるから、少しだけでも行きたいと言い返した。

「それくらいなら構いませんよね？　それに、松永さまに付いてきていただければ」

舟吉が、さっきの婆さんと同じ目を九郎兵衛に向けてくる。

「まあ、そうだな」

九郎兵衛は答えた。

「ですが……」

婆さんはどうしても行かせたくないのか、今度は小僧を連れてきた。

「あっしも、旦那が呼び込みに行くのは反対でございます」

小僧が言った。

その一言が効いたのか、舟吉は呼び込みに出なかった。

その分、

「あっしが旦那の代わりに」

と、小僧が勇み出た。

「お前さんはまだそんなことができる歳ではない」

「いえ、もう十五です。旦那のお傍で三年もお仕えしていますから」

「もう少し経ってからでないと駄目だ」

舟吉は首を縦に振らなかった。自分の代わりに、寄席の『五島亭』の徳松を客引きに行かせて、舟吉が『五島亭』で客を捌《さば》くと言った。

話が決まると、夕方からの寄席がもう少ししたら始まるからと、急いで出ていった。

三人は車座になった。

「旦那、大丈夫でしょうか」

婆さんが未だに心配そうな声を出す。

「寄席なら、外にいるよりは危険ではないだろう」

「まあ、そうですが……」

婆さんはどこか納得できないようであった。

「何か心配するようなことがあったのか」

「大したことではないかもしれませんが、この辺りの岡っ引きの親分の手下に、松永さまのことをきかれました」

「俺のことを知っていたのか」

「いいえ、松永さまのお名前までは知りませんでしたが、新しい用心棒を雇ったらしいが大丈夫なのかと」

「ただ心配しているだけかもしれない。岡っ引きに頼まれて、代わりに様子を見に来たのか」

「しかし、そいつが手下になったのはつい最近です。それまでは、街のごろつきのような者でしたし、親分がなぜそんな奴を使っているのかもわかりません」

「お前さんは、その手下にも随分と疑い深いんだな」

「ええ。だって、まともな男じゃありませんから」

「まあ、改心することだってある。ここらの岡っ引きは立派な男なんだろう」

「そりゃあ、皆に慕われています」

「その者が認めたんだ。変なことはしないだろう」

「しかし……」

婆さんはぐずついた。まるで、最初に九郎兵衛と会って訝しんだときのようであった。

「それで、お前さんはなんと答えたのだ」

九郎兵衛はきいた。

「何も答えていません。今度、親分と一緒に本人にききにいらしてくださいと言っておきました」

「だったら、何も心配することはあるまい」

九郎兵衛は軽く言い放ったが、内心ではもやもやしていた。

(もしや、俺のことを舟吉を狙う者として疑ってかかっているのではないか)

九郎兵衛は気を引き締めた。


夜の五つ半(午後九時)が過ぎて、舟吉が『五島屋』に帰ってきた。

それから、九郎兵衛が帰ろうとすると、

「松永さま。明日は昼過ぎに、四谷《よつや》箪笥《たんす》町《まち》に行く予定がございます。付いてきていただけますか」

舟吉が頼んできた。

「当たり前だ」

「ありがとうございます」

「そっちにも長屋を持っているのか」

「いいえ、『宇津木』のご隠居がそちらにいまして」

「『宇津木』というのは、お前が独立する前に奉公していたところだったか」

「左様でございます」

「いまその店は？」

「ご子息が跡を継いでいます。当代は私と三つくらいしか変わらない歳でございます」

「まだ往き来があるんだな」

「はい。何も喧嘩別れしたわけではございませんし、今でも大変気にかけてくださいまして」

「商人とはそういうものか。侍とは違う考えなので、よくわからぬな」

九郎兵衛は首を軽く傾げた。

それから、改まった声で、

「隠居のところには、何しに行くのだ」

　と、きいた。

「大した用事ではないのですが、毎月、隠居のところに行って、四方山話をしてくるのです」

「四方山話？」

「私の商売のことや、共通の知り合いのことなど、本当に取るに足らないことでございますが」

「お前さんにとって、そういうことをして何か利益になるのか」

「利益というよりも何も、隠居には恩がありますから」

　舟吉は答えたあと、

「恩というのは、十歳のときから独り立ちするまで父親のように私を育ててくださいましたことで」

　と、付け加えた。

「父親のようにか……」

　まだ会ったこともないが、権太夫が注意すべき他の者というのが、どことなく

『宇津木』の隠居のことではないかとも感じた。

「宿を開いたときにも、色々と客を紹介してくれたのだったな」

「はい」

「隠居にとっても、お前さんが子どものような感じだったのかもしれないな」

「そうでしょう。特に、近頃は親子の仲が良くないですから」

「何かあったのか」

「そこは私にも決して教えてくれませんが、商売のやり方を巡って対立しているのだと思っております。それか……」

舟吉は語尾を伸ばしてから、

「ご隠居は数年前に旗本株を買ったんです」

と、言った。

金のない旗本は町人に金で自らの身分を売る。形的には、養子縁組をする。ただ、子息に武士の家格を継がせることにしなければ、わざわざ旗本株を買う意味などない。

「隠居に、武士の身分が必要なのか」

九郎兵衛はきいた。

「なんでも、近所にいた鈴木《すずき》市膳《いちぜん》さまという旗本が病に倒れ、跡取りもおらず、金が必要だとのことで」

「だが、隠居が旗本株を持っていても何に使うのだ。仲の悪い倅に継がせるのか」

「いえ、それはないでしょう」

「では、その家は途絶えるではないか」

「それでよいと思っているのか、それとも、誰かを養子に迎えようとしているのか。ともかく、ご隠居はそのまま名前を引き継いで、鈴木市膳と名乗っております。ご隠居は何を考えているのかわからないところがあります。それは、ご家族であっても同じようで、それがゆえに、関係がうまくいっていないのでしょう」

舟吉が半ば強引にまとめた。

それから、

「それより、松永さま。今朝も芝からこちらまでお越しになるのがご足労ではございませんでしたか」

と、急に話を変えた。

「いや」

九郎兵衛は首を横に振る。

「それならよろしいのですが、これから雨や雪の日もありましょうし、大変な時もあるかと存じます。『五島亭』の二階も空いているので、是非ともお考えくださいませ」

舟吉は促してきた。

「たしかに、そうだがな」

九郎兵衛は言葉を濁らせたまま、『五島屋』をあとにした。

二

翌日、九郎兵衛は舟吉の供で四谷簞笥町へ行った。

江戸には、簞笥町と呼ばれた町が、大久保《おおくぼ》、四谷、牛込の三か所にある。そのうち、四谷簞笥町は鉄砲玉薬《てつぽうたまぐすり》同心二十五人が拝領した地所であったが、町人に貸地するのが許されて町地化し、同心の屋敷はごくわずかだ。

隠居の家に行くと言われていたので、二階建ての表長屋にでも住んでいると思っていたが、しっかりと門がある武家屋敷であった。

ふたりは門を入って、庭に足を踏み入れた。

ざっと百坪ほどある奥に延びている土地で、よく手入れがされていた。落ち葉がぎっちりと敷き詰められているのは、誰かが忍び込んだとしても落ち葉を踏む音で気が付けるようにするためだろうか。

「俺は表で待っておこう」

九郎兵衛は言うが、

「いえ、松永さまもお越しください。是非、ご隠居に会っていただきたいので」

と、舟吉が答える。

ふたりは落ち葉を踏みながら、裏手に回った。

裏庭に面した部屋の縁側には笊《ざる》が並べられていて、そこに魚の干物が載っていた。

「ご隠居はこういうことをするのが生きがいのようで」

舟吉は柔らかい口調で言ってから、家の中に向かって、隠居を呼んだ。

すぐに、隠居は出てきた。

腰こそ曲がっていたものの、

「おや、珍しい」

と、はっきりとした口ぶりで頭を下げた。

すぐに九郎兵衛を新しい用心棒とわかったようで、

「これは、随分とお強そうな」

と、頭のてっぺんから、足のつま先まで舐《な》めるように見てきた。だが、九郎兵衛に対して必要以上にへりくだるわけでもなく、浪人だからと見下す態度も微塵もなかった。

お喋りな老人らしく、他愛のないことを話しだした。当たり障りのないことばかりであるが、言葉の端々に九郎兵衛の素性を探ろうとする節が見えた。九郎兵衛は遠まわしにきかれるのも嫌なので、過って同じ藩の者を殺してしまい丸亀藩を辞めたという理由を正直に話した。

隠居は驚きもせずに、ただ深く頷いていた。

舟吉にも初めて話したことであったが、表情を変えることはなかった。

むしろ、そんなことがあっても、偏見はないと言わんばかりに、

「松永さまが斬るようでしたら、余程相手が悪いのでございましょう」

と、擁護した。

「同じ主君に仕える者であるから、何があっても殺すようなことは避けなければならない」

九郎兵衛はあえて自身を責める。

「いえ、そんなことはございません」

隠居が口を挟み、

「しかし、手前ども商人からしてみたら、松永さまのようなお方のほうが、同じ血が通っているようでなんだか嬉しいですな」

と、笑顔を向けた。

「………」

九郎兵衛は何と答えてよいのかわからず、ただ黙って隠居を見ていた。

隠居は舟吉に向かい、

「五島屋さん、よいお方を見つけなさったな」

と、言った。

昔、自分の元で仕えていた相手に、改まった呼び方をするのが気になった。しかし、それも九郎兵衛がいるから、気負っているのかもしれない。

舟吉は隠居の呼びかけに、

「ええ、本当に」

と、微笑んで返した。

九郎兵衛はこの機を見計らって、表で待つと伝えた。

「お寒いですので、正面の入口近くの部屋でお待ちください。火鉢がありますから」

隠居はわざわざそこまで案内してくれた。

外にいれば、色々と家の周囲を調べてみようかと思ったが、この場所を動いては、もしすぐに話し合いが終わったときに疑われそうだ。

九郎兵衛はその場にいて、耳を澄ました。

しかし、いくら九郎兵衛の耳でも、奥で話しているふたりの会話は聞こえなかった。

四半刻（約三十分）くらいして、舟吉がやってきた。隠居も一緒であった。

「お待たせいたしました」

舟吉は軽く頭を下げた。

「松永さま。くれぐれも、五島屋さんをお頼みします。こんなことを言うのは縁起でもありませんが、殺された瀬戸物商と呉服商は、私の知り合いでもあります。長いお付き合いをしていた方々で、胸が張り裂けるような思いです」

隠居が嘆く。

「この松永さまと一緒であれば、誰も下手なことはしてこないでしょう」

舟吉は隠居に言い聞かせる。

(権太夫の言っていた、もうひとりの怪しむべき相手はやはりこの男かもしれない)

その思いが強まった。

九郎兵衛は「万事、任せておけ」と言い放った。

帰り道、九郎兵衛は誰かに尾けられている気がして、そのことを舟吉に耳打ちした。

舟吉はぎょっとした顔をして、

「少し大回りになりますが、人通りの多い道を通って帰りましょう」

と、告げた。

警戒しながらも、特に何も起こることはなく、『五島屋』までたどり着いた。

「松永さまのお陰で、何事もなく……」

舟吉が神妙に頭を下げた。

「まだまだ油断できぬ」

「ご隠居が太鼓判を押すのですから、松永さまに身を任せれば安心でしょう」

「そうか？」

「あの方の人を見抜く目は凄まじいですから」

「どんなふうにだ」

九郎兵衛は、少しでも隠居のことを聞き出すためにきいた。

「話せば色々とあります。私のことでいいますと、奉公に上がった初日に、まだまともに話していないのに、私が心の底で考えていることを言い当てました。それに、あの方が期待できると言った奉公人は皆出世していますし、能力があっても駄目になるという者はそのとおりになっています」

「それだけ、多くの者たちを見てきたから言えるのだろうな」

「そうだと思います。でも、あんなに人を見る力がある方は他に知りません。ですので、松永さまの実力は本当だと信じております」

舟吉は言い切った。

だが、素直に喜べない。

平穏な目をしながら、すべてを見通すような鋭さを感じた。あの日に映った自分の姿が、はたして、これから舟吉を謀《はかりごと》にかけるように見えたのか。

「ところで、松永さまはご隠居をどうお思いになりましたか」

「なかなか頭の切れそうな男だ」

「他には？」

「物腰は柔らかいが、どこか気の抜けぬところがある」

「仰るとおりです」

舟吉は大きく頷く。

「何でそんなことをきく？」

昨日も、隠居が何を考えているのかわからないというようなことを言っていた。

表面的には仲良くしているように見えて、腹の内ではわからない。

「松永さまの見立てをお聞きしたくて。というのも、『宇津木』の当代は、近頃、隠居のことを不審に思っておりまして」

「不審？」

「隠居に命を狙われるのではないかと」

舟吉は重たい声ながら、さらりと言った。

北風が吹き抜け、肌を突き刺した。

「殺す理由は？」

「わかりませんが、様子を見に行った『宇津木』の手代が若い僧や怪しい浪人が出入りしているのを見たと」

「若い僧？」

「もしかしたら、それが円寂かもしれないと思いまして」

「それを探らせるために、俺を隠居に引き合わせたのか」

「はい」

舟吉は頷く。

「だが、会わないほうがよかったのではないか」

「どうしてですか」

「そのほうが怪しまれないで済む。これから、隠居の近所で色々探るようなことがあって、俺の姿を見られたら、お前が寄こしたと思われるぞ」

九郎兵衛は言い聞かせる。

「いえ、隠居は勘の鋭いお方ですから、すでにこちらの心の内はお見通しでしょう。こそこそしても仕方ありません」

舟吉は吹っ切るように言った。

それから、急に柔らかい言葉遣いになって、

「でも、私はあの隠居が裏で円寂を操っているとは、にわかには信じられません。ですので、少し調べていただけますか」

と、頼んできた。

「わざわざ、あそこまで行かなくても、最初からそう説明すればよいものを……」

「実際に会っていただいてからお伝えしようと思いまして」

「『宇津木』の旦那とは会ったほうがいいか」

「いえ」

舟吉は首を横に振り、

「それは旦那のほうから止められています」

と、言った。

「どうしてだ」

「隠居は『宇津木』のことを誰かに見張らせているはずだから、松永さまとは接触しないほうがいいと」

「そうか」

九郎兵衛は納得したわけではないが、頷いた。


次の日、九郎兵衛は牛込天神町の酒問屋『宇津木』を見張った。

店に出入りする商人たちに怪しい者はなかった。隠居の倅で、当代の旦那は、隠居とは似ても似つかぬほど、背が高く、でっぷりと太った色白で、瞼《まぶた》が腫れぼったかった。どこか他人を見下すような目つきをしており、言葉遣いも粗雑であった。

旦那の身の回りにいる者たちは、皆、機嫌を取ることだけで精一杯だ。

口入屋から『宇津木』を紹介されたが、仕事を引き受ける前に評判を調べてみたいと、近所できき まわった。

しかし、評判は思ったよりも芳しいものではなかった。

『宇津木』の三軒隣に暮らす大工の棟梁は、

「先代のときは違いましたがね。当代になってから、夜になると質《たち》の悪い野郎どもが出入りしているんですよ。何をしているかわかりませんが、男たちが夜な夜な集まってやることといったら……」

と、さいころを振るような仕草を見せる。

そのような証言をするのは、大工の棟梁だけではなかった。おかみさん連中も、賭場《とば》が開かれているのではないかと話していた。倅の代になってからの『宇津木』の評判がすこぶる悪いからか、皆、「あんなところで働くのは止したほうがよろしいですよ」と、親切に教えてくれた。

あるおかみさんは、

「うちの亭主が、『宇津木』の賭場で借金をこしらえてしまって。問い詰めたら、本当は勝っていたのに、相手がいかさまをしたからいけないんだ、乗り込みに行ってくると、やけに意気込んでいましてね」

と、話していた。

その亭主はおかみさんが必死に止めたので、乗り込むようなことはなかったという。

悪い評判が立っているから、舟吉は九郎兵衛に紹介しなかったのか。

その真意をきくため、夜になって九郎兵衛は舟吉に確かめた。

舟吉はあらかじめ九郎兵衛が『宇津木』を調べることをわかっていたのか、

「松永さまであれば、そのような噂に惑わされないと思っていたのですが……」

と、苦い顔をした。

現在の『宇津木』に対しての悪い噂は、すべて隠居がまき散らしたでまかせだと言う。隠居が円寂とつながっているかはわからないが、明らかに倅の『宇津木』の当代には敵意をむき出しにしていると話す。

「そもそも、隠居と当代はどうして、そんなに揉めているのだ」

九郎兵衛はきいた。

「店を切り盛りするにあたっていざこざがあるのだと思います。それが何かは、おふたりとも話してくれません」

舟吉は首を横に振って答えた。

「お主は、当代の味方なのだな」

「そんなことはございません」

「そのようにしか見えぬが」

「私は隠居にも恩がございます。できることならば、親子仲良くしていただきたいと願っているばかりで」

「だが、もし隠居が円寂を裏で操っているようであれば？」

「何かしらの理由があるのでしょう。しかし、私の命を狙うようであれば、松永さま……」

あとはわかってくれるだろうとばかりに、舟吉は力強い目配せをする。

「殺すのか」

九郎兵衛は言葉に出した。

「いえ」

舟吉は否定したが、続く言葉がなかった。

「どうすればよい」

九郎兵衛は確かめたが、

「そのときに考えます」

と、答えるばかりであった。


それから数日間。

九郎兵衛は『宇津木』と隠居の暮らす箪笥町を見張った。どちらにも、怪しい者が出入りすることはなかった。もっとも、ずっとその場にいると怪しまれるので、程度を考えて行動した。

そして、毎日、『五島屋』には顔を出した。

店の呼び込みには徳松が行き、舟吉はその間、寄席のほうにいた。呼び込みに行く前に、徳松は一度、『五島屋』に寄った。

そのときに、軽い挨拶を交わす程度だった。

徳松は背が高く、目鼻立ちがはっきりとしている好い男だ。一見、つんとしているのかと思いきや、話してみると、にたっと笑い、嫌みがなく、少し高めの心地よい声であった。

　婆さんは徳松のことは、

「普段、私はああいう見た目が好い人を好かないんだけど、なぜかあの人はいいんですよね」

　と、信頼をおいている。

　それは、徳松が母親のことを妹と一緒に看病しているからだとも言っていた。

　九郎兵衛はなんとなく、徳松を信頼できなかった。

　じつはこの男が、権太夫の言っていた注意すべきもうひとりなのではないかという疑いも持った。

　婆さんは九郎兵衛が何か考えていると悟ったようで、

「松永さま。何かございましたか」

　と、心配そうにきいてきた。

「いや」

「でも、その鋭い目は……」

「円寂のことを考えていただけだ。必ずしも、舟吉を狙うわけではないのかもとな」

咄嗟に、口から出た。

「どういうことです？」

婆さんが眉間に皺を寄せて、首を傾げる。

「徳松も狙われるかもしれない」

九郎兵衛はあえてそう言った。

「でも、円寂とはなんの関係もなさそうですが」

「殺された瀬戸物商や呉服商にしろ、円寂と関係があったわけではないだろう」

「そう言われてみれば、そうですが」

「何か徳松に関して、気になることはないのか」

九郎兵衛は半ば強引にきいた。

「徳松さんは……」

婆さんが考え込む。

何やらありそうだ。

九郎兵衛は食い込み気味にきくのではなく、婆さんのほうから話すのを待った。

少しして、

「これはどこまでが本当なのかわからないのですが」

と、前置きをした。

「なんだ」

九郎兵衛が促す。

「徳松さんは一度、捕まったことがあるそうで」

「何をしでかしたんだ」

「盗みです」

「盗み？」

「武家屋敷に忍び込んで、刀剣など価値のあるものを盗んでいたと。賄賂《わいろ》で出世したり、自身の地位を利用して裏であくどい商売をして暴利を貪っている大名や旗本などからのみ盗んだそうです」

婆さんによれば、盗んだものを売りさばき、その金を貧しい者に恵んでやっていたという。だが本人は、盗んでいたことは確かだが、若い頃に調子に乗ってやっていただけで、そんな立派な志はなかったと言っているそうだ。

「でも、徳松さんは謙遜してそう言っているのかと」

婆さんは庇うように言う。

九郎兵衛の脳裏には、かつての仲間であった、どんな錠前でも破る神田小僧巳之《みの》助《すけ》の顔が過《よぎ》った。

巳之助も同じように、あくどい武家や商人から金目のものを盗む。そして、貧しい者に分け与えるのであった。

「もし徳松がそんなことをするのだったら……」

九郎兵衛はそう言いかけて、

「何かそんな盗人がいたな」

と、口にした。

「裏宿七兵衛《うらじゅくしちべえ》や、日本左衛門《にっぽんざえもん》ですね」

婆さんは嬉しそうに言った。いずれも、九郎兵衛の生まれる前の者で、芝居や講釈で良く描かれているだけだろう。

「今もそんな義賊のようなのがいるんですかね」

婆さんが冗談めかして言うと、

「あの、徳松さんがそんなことをするのかって思いますけどね」

小僧が口を挟んだ。

「どういうことだい」

九郎兵衛より先に、婆さんがきいた。

小僧は考え込むように首を捻《ひね》ってから、

「また勘違いじゃないですか？」

と、問いただした。

小僧は、婆さんはそそっかしくて、勘違いすることがあるという。その例として、九郎兵衛を怪しい人物だと疑っていたと引き合いに出した。

婆さんは気まずそうな顔をしながらも、

「ちゃんと、確かめたんだから」

と、反論する。

「そしたら、盗人だっていうことを認めたんですか？」

「ああ、そうだよ」

「あっしには、どうも……」

小僧は納得いかない様子だった。

「どういうことだ」

九郎兵衛は小僧にきいた。

「徳松さんには、お武家さまのお知り合いが多いんです。同心の旦那などとも親しいようで、道端で会う度ににこやかに話していますよ。そんな人が、かつて盗人だったっていうのが、信じられません」

「でも、盗人っていっても、質《たち》の悪いほうじゃないから」

婆さんが言い返す。

「それにしてもですよ。もし、そんな過去があるとしたら、警戒されると思うんです。それが、ないんですから」

小僧は答えた。

九郎兵衛は婆さんを見る。疑われたと思ったのか、「私は、ちゃんと確かめたんです」と、声を大きくした。

「お前さんはなんてきいたんだ」

九郎兵衛がきく。

「まだ、あの人が吉原の太鼓持ちを辞めて、『五島亭』で働き始めたばかりのことです」

「と、いうと」

「今から三年くらい前ですかね。あまり、素性を知らないうちに、かつて盗人だったという噂を耳にしたものですから、私が聞いたとおりのことを徳松さんに言ったんです」

「そしたら?」

「否定しませんでしたよ」

「そうだったと、本人の口から言ったわけではないのか」

「え、ええ……」

婆さんが急に気まずそうに答える。小僧はやっぱりというような顔をする。

「それなら、本人が認めたうちに入らない」

九郎兵衛は、そっと言った。

「でも、否定しなかったですから」

婆さんは抵抗する。

「もしかしたら、否定できない訳でもあったのかもしれないな」

九郎兵衛は言った。

元々、どういうことで徳松と舟吉がつながったのかはわからない。盗人をやっていたということが真実であるかどうかはわからないが、何かやましいことはあるかもしれない。

婆さんと、小僧はくだらない口論をしている。

「俺はただ徳松が狙われるかもしれないと、ふと思ったまでだ」

九郎兵衛はふたりの会話に割って入った。

ふたりは静かになる。

「でしたら、徳松さんにも身の危険がないか注意してもらわなければなりませんね」

婆さんが言った。

「まだ、なんとも言えぬ。とりあえず、俺はこれから円寂に関わりがありそうなことを調べてくる」

九郎兵衛はそう言い残して、部屋を出た。

三

日ごとに寒さが厳しくなる。そのせいか、牛込天神町の『宇津木』や箪笥町の隠居の屋敷近くの人通りは少なくなった。

そのうえ、いつもすれ違う者たちから挨拶をされるくらいにまで顔を覚えられている。箪笥町のほうは、特に武家屋敷街の中で、目立って仕方がない。

隠居のほうはひとまず、見張ることを止めた。

かといって、このままではやたらと時が過ぎてしまうばかりである。

こんなときに、かつての巳之助や半次《はんじ》といった仲間がいればと、つくづく思った。

周りで誰かいないか考えてみると、徳松のことが気になった。

徳松がどんな者なのかわからない。しかし、もし盗人だとしたら、『宇津木』や隠居の屋敷へ忍び込むことはできるだろう。

徳松が『五島屋』に寄ったときに、

「ちょっと、いいか」

と、九郎兵衛は声をかけた。

舟吉は『五島亭』に行っており、小僧や婆さんは近くにいなかった。

「なんでしょう」

「まだお主と、ちゃんと話したことがなかったと思ってな」

「松永さまのことは旦那からよく聞いておりますよ」

「変なことを吹き込まれていないだろうな」

九郎兵衛は冗談めかして言った。

「まさか。大変頼りになる方がいらっしゃって、以前のお方とは全く違うと」

徳松は笑顔で返す。

「以前の用心棒はどんな奴だったんだ」

「何人かおられましたが、本当に役に立ちそうな方はいらっしゃらなかったです」

徳松は答えてから、

「ところで、松永さまはあの件をご存じでしょうか」

と、確かめてきた。

「あの件というと？」

「円寂という……」

「ああ、知っておる」

九郎兵衛は言葉を被せた。

そのために、舟吉に雇われたようなものだと伝えた。その反応を見るが、徳松は大して表情を変えなかった。

「こんなことを言うのはなんですが」

徳松が声を潜めた。

「なんだ」

「旦那は円寂というのを恐れ過ぎているような気がするんです」

「実際に、周囲の者たちが殺されているのだろう」

「はい。それは違いありませんが、円寂という僧の仕業かどうかもわかりません。手口が似ているというだけで」

「その様子だと、殺しについても、詳しく知っていそうだな」

「旦那から少々聞きました。それと、私は太鼓持ちをしていたこともあって、奉行所に知り合いも多うございます。その方々から、色々と聞きましたが、必ずしも旦那の言う通りではないのではないかと」

徳松は言ったあと、辺りを確かめた。

「奉行所では、どういう扱いになっている？」

「すべての殺しが一連のものだとは認めていません」

「だとすると、舟吉が勝手に？」

「いいえ、同心の大木さまは旦那と同じ考えでございます」

「舟吉から、その名前は出てきていたな」

「むしろ、大木さまと旦那だけが、円寂という男の仕業と睨んでいるわけで」

「その言い方だと、ふたりが何か企んでいるとでも？」

九郎兵衛は、わざとそんなきき方をした。

「いいえ、旦那は疑心暗鬼になっているだけでございましょう」

「だが、もし円寂が下手人でなければ、疑われて可哀想な話だ」

「ええ、全く」

「お主は円寂と会ったことがあるのか」

「ございません」

「奉行所のほうで円寂は探したのか」

「そのようですが、見つからないようです。もちろん、円寂という名前自体が偽名ということも十分に考えられますが、本当の僧であれば、江戸にも円寂の知り合いはいるはずだと探ってみたそうです。でも、円寂という名前の僧はいても、二十代半ばで、旦那が仰るような容姿の者は見ていないと」

「名前を変えて泊まっているというのは、何かやましいことがあるのではないか。もし、そうだとすれば、奉行所は円寂のことを疑うと思うのだが……」

九郎兵衛は首を傾げた。

「まあ、それもそうなんでしょうけど、宿には偽名でお泊まりになる方が案外多いのです。それは、町人だけじゃなくて、お武家さまや僧侶なんかも同じです。やましいことといっても、傍から見れば大したことではないときも多々あるそうです」

徳松は答えた。

まるで、奉行所の考えを代弁しているようだ。

「奉行所の知り合いとは、そんなことまで話せる間柄なのか」

「ええ」

「一度、その者と会わせてくれぬか」

「え？」

「ならぬか」

九郎兵衛は睨みつけた。

今までなんでも滑らかに答えていたのが、急に戸惑いを見せた。

「お主の話を疑っているわけではない。ただ、どういう調べになっているのか確かめてみたい。そもそも……」

九郎兵衛が続けようとすると、

「わかりました。ただし、旦那には内密にお願いいたします」

徳松は頼んできた。

「承知した」

九郎兵衛は答えた。


徳松が南町奉行所与力《よりき》の羽倉三蔵《はぐらさんぞう》と引き合わせてくれたのは二日後であった。場所は八丁堀《はっちょうぼり》にある羽倉の屋敷であった。

徳松は、看病をしている母親の具合が悪いので数日間休むと、前日に舟吉に伝えていた。

どうして、そこまでしてくれるのか、疑問に思った。

本来であれば、そこまでする義理はない。むしろ、面倒だと思っているに違いない。それどころか、「羽倉さまも、そのことで松永さまにお会いしたがっておられます」と、意味深なことを言ってきた。

その理由を問いただしてみたが、

「羽倉さまと会われたときに、直接おききください」

と、言われた。

徳松は、羽倉のことや与力の事情にも精通しているような口ぶりであった。徳松の話を聞いていると、羽倉は正義感が強く、意見を曲げない男のようにも思えた。

実際に会ってみると、三十代半ばくらいの額の広い面長の男で、薄い唇を真っすぐに結んでいた。

「こちらへ」

浪人の九郎兵衛に対して、威張るわけでも、へりくだるわけでもなかった。

客間に通され、三人で車座になる。

「改めて、羽倉三蔵でござる」

羽倉は折り目正しく、頭を下げた。

「松永九郎兵衛でござる」

九郎兵衛も丁寧に返す。

「去年からの殺しのことで何やら調べていると聞いたが」

羽倉がきいた。

「五島屋舟吉が次は自分が命を狙われるのではないかと心配になっているので、円寂という若い僧を調べています。だが、徳松が舟吉の考え過ぎだと」

「そういうことでござるか」

羽倉は頷き、

「この男の言うとおりで、円寂という僧侶の仕業とは思えぬ」

と、言った。

「それは、円寂のことをよく調べたうえで？」

「そうだ」

「もし、円寂が下手人でなかったとしても、他に何かやましいことがあるのでは？」

九郎兵衛は確かめる。

「何かあったとしても、大したことはしていないようだ」

「それも調べられたのですか」

「拙者の立場からして、話せないことは多々ありまする」

「心得ております」

「そのうえで、円寂という男は確かに実在するが、怪しむべきところはないようです。大木と舟吉がそこまで円寂のことを疑っていることが理解できませぬな」

羽倉は厳しい声で言った。

「羽倉殿は大木と舟吉の両名を疑っておられるのか」

九郎兵衛はきいた。

権太夫は九郎兵衛を牢から出すことができるくらいなので、幕閣の権力を持っている者とつながっているのだろう。

羽倉は、権太夫と同じ目的なのか。

探るように、じっと目を見つめていると、

「ところで松永殿がこの件に首を突っ込むのは、舟吉から頼まれたからだけではないような気がするが？」

と、羽倉が鋭くきいた。

九郎兵衛は頷こうと思ったが、ふと思いとどまった。

まだ、羽倉という男の正体がわからない。完全に信頼できると思うまで、腹を割って話せない。徳松にしても同じだ。なにせ、徳松は舟吉の下で働いているのだ。

「いや、拙者は舟吉の用心棒でござる」

そう答えてから、

「与力である羽倉殿は同心である大木七郎の上役になるのではないのですか」

と、九郎兵衛はきいた。

「そうだ。だが、事件の探索は定町廻りの役目。松永殿」

羽倉が改まった声で呼びかけた。

「何か」

九郎兵衛は静かな声でき返す。

「貴殿には捕まった過去がありますな」

「………………」

九郎兵衛は一瞬、どきりとしたが、相手は奉行所の者だ。調べたらすぐにわかることだ。

羽倉はこちらが答えないと、先には進めないという具合に、じっと見てきた。しばしの間、見つめ合ったあと、九郎兵衛は徳松に目を向けた。

徳松は特に驚いている様子はない。

「無罪で放免になった次第で」

九郎兵衛は答えた。

「不思議でございますな」

羽倉が堅苦しく言った。

「何が不思議なので？」

「この件については、奉行所のほうで確認しようと思っても、資料が出てこない。もしかしたら、お奉行さまが秘密裏に動かれたとも考えられるが、そうだとしたら余程のことでしょう」

予め、話すことを決めていたかのように、すらすらと羽倉の口から言葉が出てきた。それから、羽倉はどうして九郎兵衛の無実が証明されたのか、不思議そうに確かめてきた。

「それは、奉行所のほうで決めたことであるから、わかりませぬな」

九郎兵衛は言い返した。

「そうなのだが……」

羽倉の目は、九郎兵衛の目の奥を覗き込む。

裏で何かの力が働いたとでも言いたいのであろう。

奉行所の記録にも、九郎兵衛が鯰屋権太夫によって牢屋から出されたということが記載されていなくて、ほっとした。

「はじめから一貫して無実を訴え続け、ようやく金比羅さまにその声が届いたのでありましょうな」

九郎兵衛は柄にもなく、信心深げなことを言った。

羽倉は納得していない様子であったが、それ以上きいてくることはなかった。

徳松はただ、ふたりの会話を傍観しているだけであったが、どことなく、九郎兵衛の顔の些細《ささい》な変化さえも見逃さないように、穴が開くほど見られている気がしてならなかった。

「それより」

九郎兵衛は話を変えた。

「円寂が下手人でなかったとして、一連の殺しはどういうふうに考えておられるのか」

「………………」

ふたりとも何も言わない。

しばらく顔を見合わせてから、徳松が話しだした。

「はじめに上方の瀬戸物商が殺されたあと、武田《たけだ》一心斎《いっしんさい》さまというご浪人が用心棒として雇ってくれないかと、『五島屋』を訪ねてきたそうです」

「その武田を用心棒として雇ったのか」

「少しだけ雇っていました。というのも、旦那はすげなく断って、相手の機嫌を損ねたらいけないと、少しの間だけ雇っていたようです。機を見て、辞めていただくことにしたそうです。本当に武田さまが信用できるかもわかりませんし、まして、そのようなことがあったばかりですから」

その武田が一連の殺しとどう関係があるのかと、すぐに問いただしたくなったが、九郎兵衛は辛抱して話の続きを聞いた。

「武田さまは足を引きずっていて、片目も見えません。それなのに剣術の腕にはかなり自信があるようでした」

徳松は声を余計に潜めて言った。

「足を引きずった隻眼の浪人？」

長い木の枝を杖にして足を引きずって歩いてくる浪人とすれ違ったことを思い出した。九郎兵衛が浪人の後ろ姿に目をやったとき、浪人は一瞬、足を止めたが、あれは九郎兵衛の視線に気づいたからかもしれない。だとすると、かなりの遣い手ではないか。

「ご存じですか」

「一度見かけたことがある」

九郎兵衛は木の枝を杖にして足を引きずって歩く浪人の話をした。

「それが、武田さまです」

徳松は言う。

「用心棒を辞めたあとも、近くに住んでいるのか」

「はい」

「何か訳があるのか」

九郎兵衛はききながら、もしや、武田が一連の殺しの下手人だと考えているのではないかと感づいた。

問いただしてみると、

「そこまではわかりません」

徳松は言った。

「羽倉殿はどう考えておられる？」

九郎兵衛は振った。

「武田一心斎を調べてみても、出自がよくわからぬ。おそらくは、名前を変えているのであろうが、下手人かまでは断定できぬ」

だが、その口調は武田を何かしら疑っているようでもあった。

「五島屋舟吉は、松永殿に何を頼んでいるので？　円寂から身を守るだけ？　それとも、円寂を見つけ出してほしいと?」

羽倉が矢継ぎ早にきく。

「身を守ることと、できれば円寂を見つけ出すこと」

「できそうか」

「それは、どっちのことで」

「どちらも」

心なしか、羽倉の声が重くなる。

「引き受けた以上、なんとかするしかない。武田のこともよく見ておきましょう」

九郎兵衛は言った。

他にも、このふたりはききたいことがありそうであったが、互いにまだ腹の探り合いで、本心を出していなかった。

今回わかったことは、徳松は舟吉を探るために、舟吉の下で働いているということだ。舟吉は徳松のことを信頼しているように見えた。素直に信じ切っているのか、それとも、あえて手元に置いているのだろうか。

そして、武田は羽倉の仲間でもなければ、舟吉の味方でもなさそうだ。

いずれにしても、敵味方が入り組んでいて、事態は一筋縄ではいかないらしい。

四

九郎兵衛が『五島屋』に来てから半月が経った。何度か向島の三囲神社付近に足を運んだ。だが、あれ以来、例の男を見かけていない。

それに、『五島屋』の付近に、怪しい人物も見なかった。

ただ、武田一心斎という浪人の存在がやけに気になった。

その後、二度ほど見かけた。しかし、武田は九郎兵衛に見向きもしなかった。だが、それはあえてそうしているように思えた。

舟吉に武田のことをきくと、

「あまりお気になさらないでください。松永さまが面倒なことに巻き込まれるのもなんですから」

と、苦い顔をして答える。

近所でも面倒な浪人ということで通っているらしい。たとえば、何か物を買うようにしても、あれこれ難癖をつけてきて、値切りを迫ってくる。従わなかったからといって、刀を抜くようなことはないが、あまりにもしつこいので、従う商人もいるそうだ。

一時期、雇っていた経緯については、徳松が語っていたとおりであった。

舟吉は、金を払ったが雇ったというつもりでもなく、

「面倒なので、少しの間、そういう体裁にしていただけです。向こうも、端《はな》から用心棒などやる気もなく、少し金をもらえればいいという程度だったのでしょう」

と、苦笑いして答えた。

「ですので、松永さまもお気を付けください」

舟吉が忠告する。

明日から師走という日の夜五つ半（午後九時）頃。『五島屋』を出て、少し歩いていると、角から現れた武田一心斎と出くわした。

武田は驚いたように、

「あっ」

と、低い声を漏らした。

「ときおりお見かけした。武田一心斎殿でござるな」

九郎兵衛は咄嗟に口にした。

武田は小さく頷き、

「あまり『五島屋』には関わらないほうがいい」

と、低く呟いた。

「何？」

「命を落とすかもしれぬぞ」

武田は真顔で言った。

「どういうことだ」

「お主も、何か目的があって舟吉に近づいたのだろう」

武田は見越したように言う。

「………」

九郎兵衛は黙って、武田を見つめた。

「まあ、そうだとは言えないだろうがな」

武田は苦笑いしてから、

「このような体になりたくなければ、さっさと手を引くことだ」

と、言う。

「舟吉にやられたのか」

「まさか」

「誰に？」

「…………」

「舟吉の仲間か。それとも、敵か」

「…………」

「答えられぬのか」

いくら言っても、武田は無言のままであった。

そして、足を引きずりながら、去っていった。

九郎兵衛はその後ろ姿を見送りながら、権太夫はまだ江戸に戻っていないだろうが、一度『鯰屋』へ行ってみようと決めた。

その翌日。九郎兵衛は昼頃に、『鯰屋』へ足を運んだ。

訊ねたいことは、たくさんあった。だが、権太夫は江戸を離れている。応対したのは番頭で、このとき、初めて幸之助《こうのすけ》という名前を知った。幸之助は権太夫と同じで駿河《するが》出身らしく、権太夫とは遠縁だという。

権太夫がいないときには、すべての権限は幸之助が預かっているそうで、何を決めようとも権太夫があとから反対してくることはないそうだ。

少し身の上話をした後、

「それで、用件は何なのですか」

と、やや冷たい口調できいてきた。

「今回の任務は、先が読めな過ぎる」

九郎兵衛は不服そうに言った。

「存じております」

「権太夫は、舟吉が誰かを殺せと指示するはずだと言っていたが、その様子は全くない」

「焦ってはなりません」

「もし、舟吉にそんな気がなかったとしたら？」

「それはありえません」

「どうしてだ」

「舟吉には、そのような手段を取るしか他に方法がなくなるからです」

何を聞いても、幸之助は落ち着いて答えてくる。

「そしたら、何年もかかるかもしれないではないか」

「いえ」

「………………」

「じきに行動に移る時が来るでしょう」

幸之助は言い切ってから、

「いま、松永さまはどんなことを頼まれているので？」

と、きいてきた。

「舟吉が遠くに出かけるときに、護衛のために付いていくこと。そして、円寂を調べることだ」

「舟吉が遠くに出かけるといっても、おそらくは四谷箪笥町、もしくは向島だけでしょう」

「ああ」

　九郎兵衛は頷きながら、権太夫ならまだしも、なぜ幸之助さえも知っているのかが気になった。

「お主は何者なんだ」

「ただの番頭でございます」

「だとしても、権太夫のなすこと、すべてを把握しているのか」

「番頭ですから」

「そもそも、普通の商家が裏の仕事に手を染めることはない」

「手前どものしていることが、まるで悪いことのような言い方ですな」

　幸之助が、睨みつける。

「悪いとは言っておらぬ。裏の仕事だ」

「同じこと。裏で動いているにしても、手前どもは正義のために働いているだけですから」

「正義？」

「まあ、松永さまにはわからないでしょうが」

幸之助は、どことなく小馬鹿にするように言った。

一瞬、むっとしたが、抑えた。

「正義というのは便利な言葉のようで、非常にわかりにくい。そもそも、お主の正義というのが何なのかわからぬ」

「ですから、松永さまにはわからないと」

「この仕事を引き受けている以上、知っておく必要が……」

「そんなことはございません」

幸之助は言葉を被せて、一蹴した。

「松永さまは悪者を見極められるお方です。理由はどうあれ、仕留めるときには相手の企みをしっかりと把握しているでしょう。そういう者たちを駆逐するのが、手前どもの正義だと考えていただければ」

幸之助は、さも当然の如く言う。

「権太夫は道楽で舟吉のことを探っているわけではなかろう」

「どうでしょう」

「そういう者たちを殺すことで富を手にするなり、その者たちの仕事を奪うなり、もしくは、もっと上のほうとつながっていたり」

「松永さまが考えることではございません。ただ、与えられたことをしていただければ、少なくない報酬を手にすることができるわけですし、何しろ松永さまはうちの旦那に牢屋敷から助け出された恩がありますから」

押しつけがましい言い分だ。

それでも、九郎兵衛は感情を露わにしないように抑えた。

「ともかく」

幸之助が言った。

「今は旦那の指示に従っていただくことです」

「それはわかっているが、権太夫が言っていたもうひとり警戒すべき人物というのは？」

「松永さまであれば、そのうちわかるはずです」

「どうして、教えてくれぬ」

「松永さまには、わざわざ教えなくても、ご自身で判断する力があると思っているからでございます」

「納得できぬ」

「それは仕方ございません」

「本当に気を付けなければならぬなら、先に伝えたほうがよいだろう」

「旦那には、旦那の考えがありますから」

幸之助は濁す。

「『宇津木』の隠居か」

「…………」

「徳松か」

「…………」

「武田一心斎とかいう浪人か」

「…………」

九郎兵衛は些細な表情の変化も逃すまいときいてみたが、幸之助は表情を変えず、口も開かなかった。

幸之助は咳払いをして、

「詮索しても無駄です。もしお知りになりたいのであれば、早く任務をこなすこと以外にありません」

と、言い放つ。

そして、手文庫から十両を取り出して、

「お役立てください」

と、これを受け取って早く帰ってくれと言わんばかりであった。

九郎兵衛は幸之助に何を話しても無駄だと気付き、十両を受け取った。懐にしまいながら、「神田小僧巳之助はまだ生きているんだな」と、訊ねた。

幸之助は、「存じ上げません」と、一蹴した。

九郎兵衛は何ひとつ手掛かりを摑《つか》むことができなかった。


その後『五島屋』へ行くと、宿の入口で武田一心斎が何やら騒いでいると婆さんが報せてきた。

九郎兵衛が出向くと、舟吉が平謝りしており、武田は刀の柄《つか》に手をかけていた。

「なにがあったのだ」

九郎兵衛がきいた。

「あ、松永さま」

舟吉が声をあげる。

「ちょうどよいところに来た」

武田は待っていたと言わんばかりに睨みつける。

「実は……」

舟吉が話しだそうとするのを、「やかましい」と武田が止めた。

そして、武田が話しだした。

「今朝、俺が裏庭で大事に育てていた寒牡丹が踏みにじられていた。見るからに、松永九郎兵衛殿、お主が俺の長屋に忍び込んだときに、踏みつぶしたに違いない」

「なんだと?」

「舟吉がそのように指示したのだろう」

「ですから、そんなことはないと何度も説明しているではありませんか」

舟吉が困ったように言い返す。

「俺はずっと、他のところに行っていた。それに、お主の長屋に足を踏み入れたところで、何も得られることがない」

「いや、舟吉はもとより俺を排除しようとしている。何か仕掛けようとしたはずだ」

「全くの言いがかり」

九郎兵衛は舌打ち交じりに答える。

「俺が目を光らせていたからできなかっただけだ。以前、お主に警告しておいたはずだ」

何かに取り憑かれたように一方的に話しているが、まるで策士のような鋭い目つきで、凄みを利かせていた。

この男は、支離滅裂なことを言っているわけではないだろう。何か伝えたいことがあるのか。それとも、本当に舟吉に命を狙われていると思っているのか。そして、九郎兵衛がその一端を担っているとでも考えているのか。

「これ以上、店に迷惑をかけるな」

九郎兵衛はきつく言い放ったあと、

「ふたりだけで話をしよう」

と、誘った。

「おう」

武田は乗った。

むしろ、その誘いを望んでいたようにも見受けられた。

「舟吉。ちょっと、話してくる」

「危なくございませんか」

「ああ。こんな体の者に負ける訳がない」

「わかりました。では、二階の奥の部屋をお使いください。先ほど、出立されたお客さまがいらっしゃいますので」

舟吉が言う。

武田は『五島屋』で話すことに難色を示したが、舟吉も九郎兵衛を外に連れていかれることを了承しなかった。

九郎兵衛にとっては、どこであっても構わない。

しかし、階下で舟吉に声が漏れているかもしれないと思うと、思い切った話はできそうもない。

「武田の言うとおりに」

九郎兵衛は伝えたが、

「いえ、松永さまが心配でございます」

と、舟吉は譲らなかった。

「よかろう」

武田は二階での話し合いを認め、九郎兵衛も従わざるをえなかった。

二階へ移った。隣の部屋も、誰もいないようだ。

天井裏が気になった。だが、急遽決まったことであるし、ここで誰かが天井裏で待機していることなどないだろう。

九郎兵衛は、武田と向かい合って座った。

ふたりの間は、刀を抜いても踏み込まなければ届かない距離であった。どちらからともなく、そうしていた。

「何が目的だ」

九郎兵衛は、出し抜けにきいた。

「お主こそ。舟吉の言いなりになりおって」

「言いなり？」

「さっきも言ったであろう。長屋に弓矢を仕掛けたな」

武田の言うには、腰高障子を開けた瞬間に、矢が飛んできたという。咄嗟に避けたので何事もなかったが、家に入ったときに矢が放たれるような仕掛けが、天井に付けられていたという。

そして、裏庭を見てみたら、寒牡丹が踏みにじられていて、地面がぬかるんで、草履の足の形が残っていた。大きな足で、九郎兵衛と同じくらいだという。

「たった、それだけのことで俺を疑っているのか」

「以前から、舟吉は俺を排除しようとしていた。そうに違いない」

「もしそうだとして、何をしに『五島屋』に乗り込んできた？」

「警告をしに来た。次はないと」

武田は厳めしい顔つきで言った。

「どうも納得いかぬ」

九郎兵衛は首を捻った。

武田の眉が上がる。

「ともかく、警告はした。舟吉には関わるな」

幻冬舎

幻冬舎文庫は
毎月10日ごろ
発売！

冬の読書フェア

最新刊

幻冬舎 ©益田ミリ

2023.12

月。錦が、指定された逢瀬の場所に出向いてみ
そこにいたのは若旦那風の男をいたぶるならず者た
ち。はたして差出人は……？

書き下ろし

に数えられる高弟たちによって語られる利休と秀吉
の相克。「茶聖利休」の実像に迫る連作短編集。

神奈川県警「ヲタク」担当 細川春菜6
万年筆の悪魔　**鳴神響一**

凶器は万年筆。被害者が突っ伏していた机上にはペン先の壊れた高級万年筆。傍らには『CASERTA』という文字に×印のメモ。謎めく殺人事件を捜査する春菜たちが突き止めた犯人とはいったい……？

書き下ろし　693円

東京でひっそりスピリチュアル
桜井識子

明治神宮の神様が伝えたいアドバイスとは？　酉の市が秘めるすごいパワーってどんなもの？　神様とおはなしできる著者が大都会東京の神社仏閣で直接聞いた開運のコツ。これを読めばいつもの参拝が10倍楽しめる！

737円

1月12日(金)発売予定!

- 宿命《リベンジ》　石原慎太郎
- 「私」という男の生涯　石原慎太郎
- 女盛りはモヤモヤ盛り　内館牧子
- おまもり　銀色夏生
- 外科医、島へ 泣くな研修医6　中山祐次郎
- 空にピース　藤岡陽子
- [新装版]血と骨(上・下)　梁石日《ヤン・ソギル》
- ミス・パーフェクトが行く！　横関 大

「…………」

「もう帰る」

武田は片膝を立てた。ふらつきながら、立ち上がったと思うと、一瞬のうちに刀を抜き、九郎兵衛に突き付けていた。

今までに見たことのない素早さだ。

(只者ではない)

この動きは忍術の心得でもありそうだ。

九郎兵衛は勘が働く。

脅しであろうが、下手に動けば、一突きで心の臓が刺される距離にいる。万が一のことも考えながら、「殺す気か」と、問いただした。

「お主の態度次第だ」

「用心棒から身を引けと」

「そうだ」

「断った場合は？」

九郎兵衛はきいた。答えを求めてはいない。愛刀三日月の柄に手をかけた。武田の腕が動きだそうとする。

だが、刀を抜くと見せかけて、相手の手首を取って捻った。

咄嗟のことに驚いたのか、

「あっ」

と、武田から低い声が漏れる。

武田は体勢を崩しながらも、刀を落とすまいと踏ん張っている。

足を払った。

武田は前のめりに倒れると同時に、刀を手放した。

それをすぐさま拾い上げ、今度は武田の首元に当てる。

「ふっ」

武田は鼻で笑うように息を吐き、上目遣いで見てくる。

「さすが、用心棒に選ばれるだけのことはあるな」

どこか余裕のある声だった。

この状況下でも、武田はまた形勢を逆転できる術を持っていそうだ。あまり持久戦が続くと不利になる。

九郎兵衛は刀を畳に放り投げた。

「お主の命を狙うことはない。出ていってくれ」

九郎兵衛は追い出した。

武田はどこか不敵な笑みを浮かべながらも、すぐに仏頂面《ぶっちょうづら》に戻って、足を引きずりながら部屋を出て、階段を下りていった。

二階には、小僧が控えていた。

「なんだ、見ていたのか」

九郎兵衛は言った。

「はい。まさか、松永さまがこんなにお強いとは」

小僧の目が輝いている。

「大したことはない。相手は、怪我をした浪人だ」

「でも、武田さまといったら、体の動きは鈍いですが、なかなかの剣豪で知られているそうです」

「誰が言っていたのだ」

「同心の旦那が言っていました」

「どの同心だ」

「大木七郎さまです」

「一連の殺しを探索している同心だな」

「はい」

「大木は武田のことをよく知っているのか」

「どうでしょう。大木さまとうちの旦那は親しくて、大木さまがこちらにいらっしゃったときに、何かの拍子に武田さまの話になったのです。そしたら、武田さまはなかなかの剣豪だと仰っていました」

「他には、何か言っていたか」

「えーと……」

小僧は思い出すように上目遣いになりながら、

「特にはなかったと思います」

と、答えた。

「そうか」

九郎兵衛は一階へ行き、舟吉と話をした。

舟吉は九郎兵衛に迷惑をかけたことを謝りながらも、

「さすが、松永さまでございます。見ておりませんでしたが、武田さまをぎゃふんと言わせるとは……。ここまでのお方は、江戸中を探してみてもいらっしゃらないのではないでしょうか」

と、むず痒くなるような下手なおだて文句を並べた。

「武田の腕前を知っているような言い分だな」

「直接は存じ上げておりませんが」

「同心の大木が言っていたのか」

「小僧から聞きましたか」

「ああ」

九郎兵衛は頷いた。

「大木さまは以前、武田と手合わせしたそうで。それで、負けてしまったので、そう仰っています」

舟吉は答えたあと、

「このことは、口外しないでください。大木さまの顔に泥を塗るわけにはいきませんから」

と、頼み込むように頭を下げた。

なぜ武田と手合わせをするようになったのか。それについては、舟吉は知らないという。しかし、明らかに誤魔化しているように見えた。

武田一心斎。

この男に、さらなる興味が湧いた。

五

武田が『五島屋』に文句を言いに来て以来、舟吉はやたらと武田を警戒するようになった。たとえ近所であっても、武田の住む長屋の前は通らないようにしているし、短い距離の移動であっても九郎兵衛を護衛に付けた。

ふたりで歩いているときに、

「お主は武田と因縁があるのか」

九郎兵衛はきいた。

「ございません」

　舟吉は平然と答える。

「武田は、お前に排除されそうになったと言っていたが」

「また、あの人のいつもの戯言《ざれごと》です。わざわざ乗り込んできたのも、金をむしり取るためでしょう」

「本当に、それだけか」

「ええ。一度、武田さまに金を支払ったことがあるので、それで何度も来るのでしょう」

「同心に言ってみたらどうなんだ」

「ちゃんと言っているのですが、動いてくれません」

「なぜだ」

「はっきりとした証がないからだそうです」

「武田からお前が命を狙われることはないのか」

「あるでしょう。だから、こうして松永さまにご同行願っているわけでございまして」

「だが、俺が来る前まではそんなことはなかったのだろう?」

「はい」

「どうして、急に」

「それまでは、他の人物を脅していたのかもしれませんね。散々むしり取るだけ取って、次に私に狙いを定めたとか」

舟吉は淀みなく答える。

「だが、それはお主の想像であろう」

「そうですが、あの方は大して仕事をしていないにもかかわらず、それなりの暮らしができています。どこで金を工面しているか怪しいではありませんか」

「それなら、そなたから金をむしり取る必要はないはずだが」

「金はいくらあっても邪魔にはなりません。私から金が出ないとなれば、今度は命を狙いにくるに違いありません」

「やけに言い切るな。そんな男なら、なぜ大木殿は武田に何もできないのだ」

「先ほども申しましたが、捕まえるだけの証がないのです」

どうも奇妙な話だ、と九郎兵衛は思った。

「その大木殿だが……」

九郎兵衛はこの間きけなかった、どうして大木と武田が手合わせをすることになったのかを訊ねてみた。

舟吉が大木から聞いたところによると、武田が何かの文句を言いに八丁堀の大木の屋敷に乗り込んだ。そのときに、武田が大木のことをまともに剣も使えないくせに、と挑発をしたので、手合わせすることになったという。

ただ、武田にどんな苦情があったのかまでは、大木も教えてくれなかったそうだ。

『五島屋』に戻って、武田と大木について、婆さんと小僧にもきいてみた。

しかし、ふたりともよくわからないと答えた。

婆さんと小僧は、すっかり九郎兵衛に打ち解けていた。ふたりの身の上話を聞かされるが、九郎兵衛は自身のことを話さない。それでも、ふたりが無理にきいてくることはなかった。

小僧は九郎兵衛に剣術を習いたいと言ってきたが、

「舟吉が許せばな」

と、答えた。

「もし、私が松永さまほど強ければ、武田さまをあっという間に片付けられますのに」

「そんなに武田が憎いか」

「憎いというか、武田さまが、やたら旦那さまに執着しているように思えるんです」

「執着?」

「はい。そんな気がします」

「具体的に、何かしていたのか」

九郎兵衛はきいた。

「武田さまが、徳松さんにも色々と声をかけているんです。この間も、夕方に近所の神社の裏手で、武田さまが徳松さんに話しかけているのを見かけました」

「あのふたりが?」

「寒いなか、しばらく何やら話し合っていましたよ。きっと、武田さまがいちゃもんをつけているんですよ」

小僧は答えた。

九郎兵衛は不思議に思いながら、そのことを徳松に確かめてみた。

徳松は素直に認めたが、

「単なる言いがかりでしかありません」

と、答えるに留まった。


その夜。身のすくむような寒さのなか、九郎兵衛が『五島屋』から出て少し歩くと、提灯を持った武田一心斎に出くわした。まるで、待ち伏せをしていたかのように、武田のほうから九郎兵衛に声をかけてきた。

「お主は何者だ」

武田の声は冷静で、提灯に照らされた顔が怪しく睨みつけていた。

「ただの浪人」

「あの腕前だと、そんなようには思えぬ。仕官していてもおかしくない」

「武士になるつもりは、毛頭ない」

「変わった奴だ」

「今のほうが、責任を持たなくていい」

「だが、金に困るであろう」

「用心棒なり、なんなり、贅沢を求めなければ働き口はある」

「『五島屋』が働き口か」

武田は鼻で嗤《わら》う。

「今のところは」

「どうやって、舟吉と知り合った？」

「たまたまだ」

「と、いうと？」

「働き口を探しているときに、たまたま舟吉と知り合ったまでだ」

九郎兵衛は詳しく答えなかった。

「まさか」

武田は疑うような顔をする。

「何か納得いかぬか」

九郎兵衛は落ち着いた口調で問いただす。

「舟吉が何の目論見もなしに、浪人など雇わぬ」

「お主も一時期雇われていたのだろう」

「それは、舟吉も俺を探るうえで近くに置いておきたかったのだろう」

「探る？　なんのことだ」

九郎兵衛はきき返した。

武田は片方の眉を上げて、「わかっているだろう」と言った。

「さっぱり、わからぬ」

九郎兵衛は首を傾げた。

「色々と『五島屋』のことを嗅ぎまわっていたくせに」

武田は吐き捨てるように言った。

「人聞きが悪いことを言わないでもらいたい」

「お主が『五島屋』にやってきた日だったか、『五目屋』と『五島屋』を間違えて、あの旦那のことを聞いていただろう」

一瞬、ぎくりとした。

（武田は自分のことを探っている）

九郎兵衛は驚きを顔に出さないようにした。

「ただ、間違えただけだ」

冷静に答える。

「しかも、福建寺にもききに行っているな」

「あそこの住職が、舟吉に悪いことが起こると言っていたというから、確かめただけだ。用心棒として当たり前のことをしたまでだ」

九郎兵衛は答えた。

「舟吉が円寂の話をしたのか」

「…………」

「お主は、円寂という者がいるとでも？」

「どういうことだ」

「何が本当で、何が嘘なのか。しっかりと見極めることだ」

武田は軽く叱りつけるように言った。

九郎兵衛は何も答えなかった。

円寂のことが過る。

そもそも、円寂の話というのはでっち上げだというのか。だが、婆さんも、小僧も見たと言っている。

あのふたりが嘘をつくとは思えないが……。

「ともかく、俺は何度もお主に警告をしている。さっさと、舟吉から手を引くことだ」

武田は言い放った。


それから二日後。

神田明神に顔を出したときに、境内の端の甘酒屋で、武田の姿を見かけた。

ひとりではない。

二十半ばくらいの背が低くて、痩せ形の遊び人風の男が一緒だ。人目を憚《はばか》るように、店の奥に腰を下ろしていたが、その姿はしっかりと目に焼き付けた。

九郎兵衛は甘酒屋には入らず、裏手に回った。

ちょうど、武田が座っている場所と、壁を隔てたところで耳を澄ます。

小さいながらも、わずかに聞こえてくる。だが、何と言っているのかはっきりとはわからない。ただ、『五島屋』という名前と自分の名前を出されたことはわかった。

やがて、ふたりの声が聞こえなくなると、九郎兵衛は甘酒屋の表に回り、木の陰から様子を窺う。

遊び人風の男だけが出てきて、足早に西の方に向かう。

武田を待つか。

一瞬迷ったが、この男が誰なのか確かめるために、男を尾けた。

男は昌平坂《しょうへいざか》学問所の裏手に出て、神田川沿いを歩いた。

九郎兵衛が尾けていることなど、全く気づいていないのか、後ろを振り返らない。

東へ向かい、新《あたら》シ橋《ばし》で神田川を渡る。

この橋は柳原の土手の間に架かっている。

少し歩くと、すぐ『五島屋』だ。

しかし、男は『五島屋』のある道へは行かずに、郡代屋敷の裏手を通り、橋本町《はしもとちょう》四丁目の居酒屋の裏手に来た。

勝手口から中に入る。

（ここの主にしては若すぎる気がするが……）

「橋本町四丁目の居酒屋を知っているか」

九郎兵衛は婆さんと廊下で会うなり、出し抜けにきいた。

「ええ。親分のところの」

「親分？」

「この辺りの岡っ引きの親分ですよ。おかみさんに、居酒屋をさせているんです」

婆さんは答えてから、

「そこがどうしましたか」

と、何気ない口調できいてきた。

「さっき、裏口から若い遊び人風の男が出てきてな。そこの主にしては若すぎるなと思って気になったまでだ」

九郎兵衛は適当に答えた。

「きっと、手下の者ですよ。どんな見た目でした？」

「背が低くて、痩せている」

「なら、虎次《とらじ》ですよ。畳屋の次男で、少し前までは手の付けられないような悪い子だったんですけど、兄弟分が喧嘩で死んだとかで、それからは改心して、今、親分が預かっているんです」

「まだ岡っ引きの手下が板に付いていないような見た目だな」

「ええ、そこはなんでしょうね。でも、あれでも変わっていってるんですよ。もともと、性根は好い子ですからね。周りに流されやすいんです」

そんな話をしていると、小僧が通りかかった。

「虎次の話ですか」

小僧は嫌そうな顔をする。

「この子は、ちょっと痛い目に遭わされて」

婆さんは小僧の二の腕を軽く叩きながら、苦い顔をした。

「あれは、向こうが大勢だったから仕方ないことです」

小僧が不服そうに言い返す。

「何人だった？」

九郎兵衛はきいた。

「四人で」

「大勢っていうほどではないな」

「でも、こっちはひとりですから」

「なんで喧嘩になったんだ」

「たまたま通りかかったときに、うちの旦那の話をしていたんです」

「舟吉の？」

「はい」

「舟吉の何を話していたんだ」

「襲うとか」

「金目当てか」

「だと思います」

「それで、お前が怒って乗り込んだのか」

「はい」

「いい度胸だ」

九郎兵衛が言うと、小僧は心なしか微笑んだ。

表情を引き締めてから、

「旦那のことを悪く言われるのは、許せませんからね」

と、小僧は語気を強める。

「結局、舟吉はどうなったんだ」

「それが、あいつらが襲ってきたみたいなんですが、やっつけたようで」

「やっつけただと?」

「ええ。あっしも知らなかったんですけど、旦那は案外腕っぷしが強くて、四人を相手に一歩も引かずに、あっという間に倒したんです」

小僧は誇らしげに言い、

「そのときに旦那に人の道を説かれて、それで改心したと思っています」

と、婆さんを見た。

婆さんは、「それもそうかもしれないね」と頷く。

「ともかく、虎次は悪い奴ではないんでしょうけど、旦那を襲おうとしたので嫌いです」小僧は言い切った。

その虎次が、なぜ武田と会っていたのか。

その日の夜。風はなく、凍りつくような寒さが身に染みた。

九郎兵衛は武田と虎次がなぜ人目を憚るように会っていたのかが気になっていた。

そのことを考えながら、いつものように遠回りしつつ、芝の家に帰っていった。

芝口橋《しばぐちばし》を越えると、人の往来がなくなった。周囲の灯りもなく、月明りさえ朧《おぼろ》であったが、夜目が利いていた。

九郎兵衛は突然、立ち止まった。

タタッと、すばしっこい小さな足音も急に止まる。

九郎兵衛はそのまま動かず、腰の刀に手をかけた。

欄干に背を向けて、後ろを取られることはない。

「誰だ」

九郎兵衛は低く、小さな声を出した。

「………」

相手は無言だ。それが、余計に不気味さを醸し出している。

「誰だ」

同じ声の大きさで問いかけた。

九郎兵衛は息を潜める。
相手もじっと息を殺しているのがわかる。
何度も通っている道だから、隠れられる場所もわかっている。
九郎兵衛は咄嗟に刀を抜いた。
さっきの足音を頼りに、暗闇に向かって斬りかかった。
カタンと、何かが倒れる音がした。
と、同時に、刀の先が相手の衣を裂く。
九郎兵衛は正眼《せいがん》の構えから、刀の峰でもう一度打ちかかった。
刀に重みを感じた。
「うっ」
鈍い声もする。
九郎兵衛は後ろに退き、体を反転させた。
そして、峰で胴打ちをする。
これも、見事に入った。
他にもひとりの気配を感じるが、襲ってこない。

九郎兵衛は今倒した相手を起こして、首元に刀を当てた。

「なぜ、俺を狙う」

静かにきいた。

「……………」

相手は答えない。

刀を押し付けた。わずかに、切っ先が相手の肌に食い込む。

「おい」

九郎兵衛は思い切り足を踏んだ。

刀を離し、素早く鳩尾《みぞおち》に肘鉄《ひじてつ》を食らわしたが、それでも相手は答えなかった。

気が付くと、もうひとりの相手はいなくなっているようだ。

いくら問いかけようとも、男は答えない。

かといって、ここから家まで引きずっていくこともできない。手探りで、相手の懐から何か硬いものを奪い取った。相手はすでに、抵抗する気力さえないようだった。

九郎兵衛は相手を捨て置くと、そのまま帰った。

その道中で、再び襲われることはなかった。

冷え切った家に帰るなり、暖を取るよりも先に、さっき奪い取ったものを見た。

漆塗《うるし》りの小さな箱のようなもので、観音開きになっている。

耳元で揺すった。

中から音はしない。

何か仕掛けられているかもしれないと警戒しつつ、そっと開いた。

すると、木彫りの小さな仏が現れた。

仏は今までに見たことのないような姿であった。まだ幼い男の子のような顔で、右手を天高く上げながら、口をあんぐりと開け、穏やかな表情をしている。

それが、本当に仏なのかすらわからない。

九郎兵衛は懐にしまった。

それから、刀を拭き始めた。あまり血のりは付いていない。だが、丁寧に拭き取り、刀身に磨きをかけた。そうしている時に、表で小さく地面を擦《こす》るような足音がした。

忍び足に思えた。

九郎兵衛は咄嗟に身構えた。

だが、足音は途端に消えた。その場で止まっているのか。

自分の息を押し殺して、耳を澄ました。

夜風が吹き抜ける音以外に、何も聞こえない。

刀を片手に、足音を立てないように土間に下りた。呼吸を整えてから、戸を一気に開ける。

途端に、猫が飛び跳ねるように去っていった。

九郎兵衛は周囲を見渡す。

人の足音だったと思ったのは、聞き間違いか。襲われたこともあって、敏感になっているだけなのか。だが、油断はできない。しばらく、周囲を確かめてから、戸を閉めた。

その晩は、寝ていても、ちょっとした物音で起きてしまった。

第三章　新たな犠牲者

一

『鯰屋』へ行ったのは、その翌日だった。

相変わらずの活気で、番頭の幸之助は忙しくしているらしく、九郎兵衛が待たされている客間に来るのに半刻（約一時間）はかかった。

しかし、幸之助は慌ただしい表情を見せずに、

「何かわかりましたか」

と、九郎兵衛の目の前に腰を下ろしながらきいた。

「昨日、襲われた。芝口橋を越えた辺りだ」

「誰に？」

「それがわかっていれば、ここに来ておらぬ」

九郎兵衛は冷たく言い返して、懐から昨日の小さな仏像を取り出した。

「襲った奴が持っていたものだ。これが何か知っているか」

「変わった仏さまで……」

幸之助が手に取る。

舐めるように、前後左右から仏像を見る。

「これが何かわかれば、誰が襲ったのかわかるのではないか」

「そうかもしれませぬが」

幸之助は仏像を九郎兵衛に返しながら、首を捻る。それから、顎に手を遣り、考え込む。

「私にはこのようなものの見識がありませんが、以前どこかでこれと似たものを見たような……」

「以前というと、近頃か」

「どうでしょう。ここ一年くらい。いや、半年」

「わりと近いうちだな。どこで見たか思い出せぬか」

「思い当たる節はありますが……」

「どこだ」

「しかし、外れていたら困ります」

「構わぬ。言ってみろ」

九郎兵衛は促した。

「旦那から確実なことだけを松永さまにお伝えするように言いつけられておりますから」幸之助は毅然と返した。

九郎兵衛は、つい舌打ちをする。

「それなら、片門前町《かたもんぜんちょう》の『檜屋《ひのきや》』へ行ってみてください。仏具屋で、色々なことを知っておりますので」

幸之助が言うには、芝増上寺が日比谷《ひびや》から芝に移ってきた慶長三年（一五九八年）よりも以前からある仏具屋だという。増上寺とも縁が深く、現在の十代目の当主は権太夫とも親しいそうだ。

権太夫と親しいというだけで怪しい人物に違いないと、決めつけたくなる。だが、それだけに様々な事情は理解してくれそうだ。

「あの方なら、どういう経緯で、その仏さまを手に入れたのかお話ししても問題ありませんから」

幸之助は言い添えた。

詳しい場所を教えてもらい、すぐに『鯰屋』を出た。

片門前町は、その名の通り、増上寺の門前に位置するだけあって、土産物屋などが居並んでいた。そのなかでもひときわ大きい佇《たたず》まいの店が『檜屋』であった。

入店を拒むかのように、重たそうな黒い暖簾《のれん》の裾が地面に付いている。

九郎兵衛は暖簾をくぐった。

土間は薄暗い。

仏具が手前から奥に行くにつれて大きくなるように、所狭しと陳列されている。

誰もいる気配がなかったが、九郎兵衛が声を出す前に足音が聞こえてきた。

やがて、五十過ぎの中肉中背の男がやってきた。

「はい」

店の雰囲気に合うほど陰気な声であった。この男が店主らしい。

九郎兵衛が『鯰屋』から紹介を受けて来たと伝えたら、

「それは、それは」

と、店主は頭を下げた。

「見てもらいたいものがある」

九郎兵衛は懐から仏像を取り出した。

店主は手にするなり、

「インバさまですな」

と、言った。

「インバさま？」

九郎兵衛はきき返す。

「正しくは印旛菩薩《いんばぼさつ》というもので、下総《しもうさ》の印旛でのみ信仰されている菩薩さまです」

「そこだけで信仰されている菩薩なんかがあるのか」

「ええ。と言いましても、そんなに古いものではありません。今から百年ほど前、享保年間に出来た菩薩です」

店主はどこか喜々として、その菩薩の説明を始めた。

それによると、印旛は古くから水害に悩まされており、それを防止するために染《そめ》谷源右衛門《やげんえもん》という平戸村《ひらどむら》の名主が、印旛沼のほとりにある平戸村から検見川村《けみがわむら》にかけて、四里十二町（約十七キロメートル）の水路を開き、印旛沼の水を内海（現在の東京湾）へ流す干拓事業を幕府に願い出た。幕府はそれを許可し、工事の費用を貸し与えた。

しかし、思っていたよりも難工事で、工事の最中にも洪水が起き、工事している箇所が崩壊して多大な被害を生じた。工事を無事に成功させるためと、犠牲になった御霊《みたま》を鎮めるために作られたのが印旛菩薩だという。

染谷源右衛門の計画は頓挫し、その後は天明期に田沼意次《たぬまおきつぐ》が普請を命じるが失敗に終わっている。

「それで、今、印旛沼はどうなっている？」

九郎兵衛はきいた。

「老中の水野忠邦《みずのただくに》さまが計画をしております」

「計画は進んでいるのか」

「どうでしょう。そこまでは、私にはわかりかねます」

店主は急に低い声で答え、

「ともかく、この印旛菩薩は、あの辺りの農民にとっては大切な存在です」

と、付け加えるように言った。

昨夜襲ってきたのは印旛の者なのだろうか。

印旛沼の干拓事業と、五島屋舟吉が何か関わっていることがありそうだ。

そのことを考えながら、『檜屋』をあとにした。

九郎兵衛はそのまま、『五島屋』へ向けて歩きだした。考えることは、他にもあった。武田と虎次の関係、徳松は何のために舟吉に近づいているのか。

『五島屋』へ行くと、いつもどおり、婆さんと小僧が忙しなく働いていた。

小僧は九郎兵衛と目が合うなり、

「そういえば、虎次のことですが」

と、切り出してきた。

ここぞとばかりに、虎次の悪口を言ってやろうという気合が感じられる。

「他にも、奴にやられたことがあるのか」

「そうじゃありません。怪しいんです」

「怪しい？」

「あいつが憎いとかそういうわけではありませんが」

小僧は前置きをして、

「近頃、匕首を買ったそうで」

と、告げた。

「匕首か。どうして、それを知っている?」

「さっき、近所の豆腐屋のご亭主と話していたんです。そしたら、ご亭主がいつも行く霊岸島《れいがんじま》の店で、偶然虎次と出くわしたそうで」

「岡っ引きの手先が匕首か」

「ええ。どうも気になるんです」

「何か思い当たる節があるのか」

「ほら、あいつなら何をしでかすかわかりませんから。旦那のことを逆恨みして
……」

小僧が続けようとしたとき、婆さんが通りかかった。

婆さんはきつい目で、

「そんな根も葉もないことを言うんじゃありませんよ」

と、注意する。

「いえ、根も葉もないわけではありませんよ。虎次だったら、それくらいしかねませんからね」

「旦那が虎次を諭《さと》したのは、もう結構前ですよ。もし恨みに思っているなら、とっくに襲ってきてますよ」

「わかりませんよ」

「え？」

「虎次は近頃、体を鍛えているみたいですから。旦那に勝てるように、日々いそしんでいるのかもしれません」

「全く」

婆さんはため息をつく。

小僧は面白くなさそうに、

「ほんの些細なことでも、松永さまにお伝えしておいたほうがいいじゃありませんか。そうすれば、松永さまだって、あいつの動向を注視してくれることでしょうし」

「そんなことに、松永さまを付き合わせるんじゃないよ」

「旦那がどうなってもいいって言うんですかい」

小僧の声が大きくなる。

「そうじゃないよ」

「じゃあ、なんだって」

「お前さんは虎次のことが憎いんだよ。いじめられたからね」

「いや、それは」

小僧が反論しようとする。

それに婆さんが言葉を被せた。

「だから、虎次がすることなすこと、なんだって怪しく思えるのさ。岡っ引きの手下の分際で、何ができるっていうんだい」

「もし、何も起こらなかったら、それはそれでいいことで。とりあえず、なんでも疑ってかかることが大事じゃないんですかい」

「違うね」

「どう違うって言うんです？」

「あのね、松永さまは円寂のことを探ってくださっているんだよ。お前さんが虎次を注意しろって言って、松永さまがそれに従ったばかりに、円寂に何かされたらどうするってんだよ」

「もしかしたら、虎次こそが一連の殺しの下手人かも」

「何、馬鹿なことを」

婆さんは鼻で嗤いながら、

「お前さんだって、うちに泊まった円寂を見ただろう。虎次が変装したっていうのかい」

「いえ、円寂は全く殺しとは関係ないかと」

「都合のいいように考える子だね」

婆さんは呆れるように、ため息をついた。

九郎兵衛は、両者を交互に見ながら、間に入った。

「まあ、虎次には気を付けておく。それと、浪人の武田にも目を光らせておかねばな」

すると、ふたりの言い争いは止んだ。

しばらくしてから、舟吉がやってきた。

「松永さま、何かわかったことは？」

「怪しむべき者が何人もいてな。それぞれ、調べているところだ」

「どなたですか」

「武田と、虎次だ」

「そのふたりなら……」

心配することはないような素振りをする。

「だが、わからぬからな。もしかしたら、向島で尾けてきたのも、この間、俺を襲ってきたのも、そいつらかもしれぬ」

「襲ってきた？」

舟吉が、眉を上げてきき返す。

「そうか、まだ言っていなかったな」

九郎兵衛はそう言いながら、あの仏像を取り出すかどうか悩んだ。

一度、懐に手を入れた。

舟吉が不意に身構える。

九郎兵衛は仏像を出すのを止めた。

「どうされたのですか」

「いや、そのときに相手が身に着けていたものがあったのだが、持ってくるのを忘れてしまった」

咄嗟に、そんな言葉が出た。

「一体、何をお持ちだったので？」

「財布だ。どこにでもあるような唐草模様のな」

「そうですか。中身は？」

「大して入っておらぬ。そこから、襲ってきた奴を絞り込むのは、なかなか厳しいものがありそうだ」

九郎兵衛は言った。

「でも、一度持ってきていただけますか」

「お前さんが見てわかるのか」

「いえ、大木さまに見てもらいます。誰のものかわからないかもしれませんが、念のために見せておきたいのです」

舟吉は深い声で言った。

「よかろう」

九郎兵衛は断るわけにもいかず、自分の嘘に乗っかった。

ここで断ったら、変に思われる。だからといって、そもそもそんなものが存在しないのだから見せることはできない。

何かしらの理由をつけて、うまく乗り切るつもりだった。

「ところで」

九郎兵衛は切り出した。

「お前さんは幕府の役人なんかと親しいか」

「役人でございますか」

舟吉は、どうして、そんなことをきくのだろうという顔をしている。

だが、すぐに答えないといけないと思ったのか、

「同心の大木七郎さまくらいでしょうか」

と、言った。

「他には、おらぬのか」

「ええ、特に親しくしている方は……」

舟吉が様子を窺うように答える。

「大木殿と親しくなったきっかけは？」

「昔からの顔なじみのようなものです。私が『宇津木』にいるときからの付き合いです。隠居と大木さまは遠い親戚のようでして」

「遠い親戚か」

「隠居も、元をたどれば武士だったようですから」

「そうか」

九郎兵衛は頷いた。

しばらくして、徳松が『五島屋』に寄った。

寄席の昼の部が終わったという。相変わらず、夕方になると徳松が客引きをして、舟吉が寄席を引き継いだ。

「徳松さん、ちょっとお話が」

舟吉が声をかけていた。

ふたりは舟吉の自室へ行った。

九郎兵衛は少し離れたところから聞き耳を立てていたが、よく聞こえなかった。

その話が終わると、徳松が先に部屋から出てきて、勝手口へ行った。

「徳松」

九郎兵衛は声をかける。

「はい」

徳松が、ぎくっとした態度になる。

「そんなに、固くならなくても」

「申し訳ございません。私の癖でございまして、どうぞ気にせずにいてください」

「さっき、何か舟吉と話していたな」

「ええ、近頃の様子をきかれました。あと、私はどうも客引きが下手といいますか、あまりいいお客さんを引いてこないようでして、そのことでご指導いただきまして」

徳松が答える。

もっと、大事な話かとも思ったが、それ以上追及しなかった。

「ところで、昔、悪いことでもしていたのか」

九郎兵衛は唐突にきいた。

「まあ、根が遊び人ですから。ろくなことをしてきておりません」

徳松はふざけるように返す。

「そういうことではない。もっと悪いことだ」

「もっと悪いこと？」

「要領の摑めぬ奴だな」

九郎兵衛は引き出すように言った。

「すみません。どうも鈍いところがございまして」

「捕まるようなことをしでかしたと聞いているが」

徳松の目をじっと見た。

「いえ、そんな」

徳松は、わざとらしく大きく首を横に振った。それから、「どこでそんな噂を耳にしたのですか」と、心配そうに訊ねてきた。

九郎兵衛は少し間をおいて、

「お主が盗人だったと聞いている」

と、伝えた。

徳松はため息をついた。

「どうなのだ」

「盗人というのは正しくありませんが、盗みで捕まったのは確かです」

徳松は項垂《うなだ》れるように言った。

「どんな嫌疑だったのだ」

「あるお旗本の家宝を盗んだと」

「お前の仕業ではないと？」

「はい、全くの濡れ衣です」

「なぜ捕まったのだ」

「私がお屋敷に招かれて泊まった翌日に、物が盗まれたんです」

「だから、お主の仕業だと？」

「ええ。私であればこっそり鍵を取って、蔵にあった家宝を盗むことができるというんです」

「夜中に盗人が入ってきたかもしれないだろう」

「こんなことができるのは、神田小僧しかいないと」

「神田小僧だと？」

九郎兵衛は思わず口走った。

「ええ。一時期、界隈を賑わせていた盗人だそうで、どんな錠前も破ることができて、しかも開けた錠前を元に戻して去るという者だと言われました。でも、神田小僧はすでに亡くなっているので、ありえないそうです」

徳松は九郎兵衛をじっと見る。

「あの」

「なんだ」

「松永さまは神田小僧のことをご存じですね」

「知らぬ」

咄嗟に否定した。

「私は松永さまの味方です」

徳松が囁く。

「何を言っているのだ」

「松永さまも、鯰屋さんに指示されたのでしょう」

徳松の声は、決めつけているようであった。

「私もそうなのです」

「…………」

「命じられて、五島屋を探っています」

「舟吉を殺すためか」

「いえ。実は上方に……」

徳松は言いかけて、急に止めた。

辺りを見渡すと、少し離れたところに婆さんがいて、こちらをじっと見ていた。

まるで、あの婆さんには気を付けろ、と言わんばかりであった。

徳松は目で合図をする。

「では」

徳松は裏口から出ていった。

二

その後、普段、徳松は客引きの前やあとに『五島屋』に顔を出すが、それがなかった。この三日間、会っていない。

『五島亭』から戻った舟吉にそのことをきいてみたが、

「実は、徳松は看病をしている母親の具合が悪いので数日間休むそうです」

と、答えた。

「母親はどこに？」

「入谷《いりや》の方だそうです。先日も同じように休みました」

そのときは、九郎兵衛を羽倉に引き合わせる口実だったが……。

三日前、「上方に……」と言いかけたが、徳松は何を言おうとしていたのか。

上方といえば、今、鯰屋権太夫が行っている。そのことも今回の件と関連しているのだろうか。

徳松は神田小僧を知っていた。それに、権太夫から頼まれてきたことまで口にしていた。

それが本当なら、徳松は九郎兵衛と同じ立場にいることになる。

翌日の夕方、九郎兵衛は八丁堀の屋敷に羽倉を訪ねた。ちょうど奉行所から帰ったばかりだった。

「何かな」

　羽倉がきいた。

「徳松のことでおききしたい」

　九郎兵衛は切り出す。

「羽倉殿は鯰屋権太夫をご存じですか」

「知っている」

「どういう間柄で？」

「わたしは南町の与力です」

「仕事がら知っているという意味ですかな」

「それより、徳松の何がききたいのか」

「徳松と鯰屋との関係」

　羽倉は待っていたように、

「松永殿も、鯰屋に頼まれているようですね」

と、鋭い眼差しを向けてきた。

「だとしたら？」

「我々は味方ということになります」

「やはり、そうか。しかし、その言葉を信じてもよいのかどうか」

「もちろん、そうでしょう。ですので、まずは我々の話から」

「我々？」

他に誰がいるというのか。

そんな疑問が浮かんだが、羽倉は順序立てて説明を始めた。

はじめに、羽倉自身も一連の殺しについて、全貌を把握しているわけではないことを伝えられた。ただ、不審な殺しが続いていることに興味を持ち、自ら調べているだけだという。そのなかで、かねてより知り合いであった徳松が何やら絡んでいるとわかった。

羽倉は徳松が盗みで捕まったことを知っていた。牢屋敷にいるはずなのに、どうして出てこられたのかが疑問であったという。それに、公式の文書には、徳松が解き放たれたことも記載されていなかったので、裏があるはずだと、すぐに感づいた。

徳松に問い詰めてみると、はじめは否定していたものの、

「盗みについては、一切わかりません。しかし、鯰屋さんに牢屋敷から出してもら

い、今は鯰屋さんの指示のもと、『五島屋』におります」

と、答えたそうだ。

徳松が指示された内容というのは、舟吉と関わる人物をすべて調べあげることである。徳松は捕まる前は、吉原の太鼓持ちをしていただけあって、持ち前の明るい性格と、幅広い交友関係があるので、すぐに『五島屋』で働くことができたという。

そして、徳松は権太夫が何を知りたいのかわからないまま、舟吉と交友のある者たちを探っていた。そのなかで怪しいと睨んだ人物がひとりいた。

「それが、『宇津木』の隠居です。今は鈴木市膳という旗本を名乗っておりますが……」

羽倉は説明を加えようとした。

「知っております。それに、隠居とは会ったことも」

九郎兵衛は答えた。

それなら話も早いと言わんばかりに、

「隠居はもとより、幕府の隠密として働いていた人物です」

と、羽倉は言った。

「ずっと『宇津木』という酒屋を営んでいますが、それは世を忍ぶ仮の姿なのです。はじめから、あの者は鈴木市膳殿という旗本でした」

「隠密ですと？」

どうりで、普通の町人とは違った様子であった。

「ということは、その下で働いていたことのある舟吉は？」

「まだ何者なのかがわかりません。あの者が隠密ということはないようです。ただ、同心の大木とつながっておりますから……」

羽倉は首を傾げた。何か隠そうとするわけでもなさそうだった。事実、舟吉が本当は何者なのかを知らない様子だ。

「舟吉は、普通の者ではないでしょう。大木とのつながりが気になります」

それから、羽倉は部下の大木について話しだした。

大木七郎というのは、元南町奉行の矢部定謙《やべさだのり》からかなり信頼されていた人物だそうだ。大木は、矢部が堺町奉行、大坂西町奉行などを経て、天保七年（一八三六年）に南町奉行になったときに、矢部の働きで定町廻同心になったという。

翌天保八年に大塩平八郎《おおしおへいはちろう》の乱が起こった。大塩は幕府に対する建議書のなかで、矢部が大坂西町奉行のときに様々な不正に手を染めており、口封じのために証人を何人も殺したと書いている。

「その証人を殺すのを直接指示したのが、大木七郎と見ています」

羽倉が低い声で言った。

「実際に手を下したのが、円寂に殺されたとされる上方の瀬戸物商です」

羽倉はさらに続けた。

「男の本名は吉太郎《よしたろう》といいます。しかし、瀬戸物商では浪速屋花太郎《なにわやはなたろう》と名乗っておりました。この浪速屋花太郎の名前が、大塩殿が提出した建議書のなかに書かれています。またそれ以外にも、呉服商伊助《いすけ》という名前も出てきました」

「呉服商？　まさか」

九郎兵衛は、はっとした。

「そうです。円寂に殺されたという、もうひとりの人物。それが伊助です」

羽倉は答えた。

「もしや、建議書の中に、五島屋舟吉の名前も？」

九郎兵衛は期待してきいた。

「いや、それはありませんでした」

羽倉は首を横に振り、

「しかし、いずれも『五島屋』に宿泊していたわけだし、何せ大木とのつながりが深いことからも、五島屋舟吉が矢部定謙殿のために働くこともあったでしょう」

と、断言した。

円寂というのは、もしかしたら大塩平八郎に近い人物だったのか。

一瞬、そんな考えが過った。

ふと、もうひとり殺された須崎左近のことも気になった。さらに、その前に殺された須崎又右衛門もいる。

ふたりのことを問いただしてみると、

「須崎左近という者については、調べてもよくわかりませんでした。特に怪しいこともしておらぬし、揉め事があったという事例もないようです。ただ、須崎又右衛門ですが……」

羽倉は首を傾げた。

「矢部殿と関わっているとか？」

「いえ、大塩殿の建議書の中にも名前はないし、関わっている様子はありません。ただ、二宮金次郎《にのみやきんじろう》殿と親しいようで」

「二宮金次郎というと、あの……」

一度も会ったことはないが、名前は聞いたことがある。全国の各藩から招かれて、各地で荒廃した農村を復興させた人物だ。

「一昨年（天保十二年）、普請役として幕府に召し抱えられました」

「もう随分なお歳でしょう」

「六十六歳だそうで。二宮殿は印旛沼干拓と利根川利水について、勘定奉行を兼任されている南町のお奉行鳥居耀蔵《とりいようぞう》さまと重要な役割を担っているとか」

「印旛沼ですと？」

九郎兵衛は、思わず声をあげた。

「何か？」

「いえ、これを」

懐から、印旛菩薩を取り出す。

羽倉はそれを見ても、何のことかわからないようで、

「これは一体……」

と、きき返してきた。

「印旛菩薩といって、印旛の地域で信仰されている菩薩だそうで。印旛沼というのは、今までに何度も工事を試みたが、すべて水害に遭って失敗に終わっているようです。そのために、工事の成功と、犠牲になった者たちを弔うために出来たのが、この印旛菩薩らしく」

九郎兵衛は、仏具屋の主人に言われたことを伝えた。

羽倉はじっくりと耳を傾けていた。

「先日、拙者が襲われたときに、襲った者が持っていたのがこれです」

九郎兵衛は、さらに告げた。

偶然ではない。これは何かつながりがあるはずだ。

九郎兵衛だけでなく、羽倉も同じように思っている顔をしていた。

話が逸れたので、

「失礼。それで、須崎又右衛門のことは？」

九郎兵衛は改めてきいた。

羽倉は深い目をしながら、

「二宮殿が幕府に取り立てられるのと同じときに、二宮殿に召し抱えられたそうです」

「召し抱えられた……」

又右衛門は農村の復興などに興味はないだろうし、そもそも二宮が欲するような人物ではない気もする。

おそらく、自らのことを偽って、よく見せて、二宮の家来になったのだろう。その理由は、自分が幕府に取り立てられたいがためかもしれない。

もうだいぶ前のことになるが、一時期は一緒にいたこともあって、又右衛門の考えが手に取るようにわかった。

「ともかく、印旛沼の干拓のことで、何かがありそうです」

九郎兵衛は独り言のように呟いた。

羽倉も、「まことに」と、同意した。

印旛沼と、大塩平八郎の乱。

このふたつの裏に、舟吉が関わっているのか。

舟吉を狙っていると思われる武田や虎次などが、どのような人物なのか、深く探る必要がありそうだ。

九郎兵衛は自分だけで調べるには限界があるので、羽倉に頼んだ。

羽倉は快く承諾した。

「ともかく、円寂という人物が瀬戸物商と呉服屋らを次々と殺しています。だから、舟吉は次は自分が狙われると考えてもおかしくありません」

「武田一心斎は大塩平八郎につながる者ですか」

「おそらく」

羽倉は武田も円寂の仲間だと疑っているようだ。

九郎兵衛は大きく頷いたが、

「ただ……」

と、言いかけた。

「なんでしょう」

羽倉がきき返す。

「矢部殿は失脚されましたな」

九郎兵衛は言った。

今までの不正が表に出た。だとすると、その下にいる大木や舟吉たちの立場も危うくなるはずではないか。それなのに、今までの立場を維持できているのはどういうことなのか。九郎兵衛は疑問を呈した。

「それについては、いくつか考えられることがありますが……」

羽倉は予め反論されることを知っていたかのように、

「矢部殿の失脚の主な原因は、うちのお奉行の鳥居さまと対立していることにあると思われます」

と、答えた。

そして、さらに続けた。

「水野さまが老中になってから、『鯨屋』が幕府の事業を引き受けることが増えてきました」

「水野になってから……」

「つまり、その鯨屋権太夫が五島屋舟吉のことを調べさせているということは、表沙汰にしないで、裏で処分しようとしているものかと、拙者は考えています」

羽倉は主張した。

すべてを素直に受け入れるわけではないが、羽倉の言うことはもっともらしく聞こえた。

ただ、いくら『鮫屋』の幸之助に確かめようと、権太夫が水野とつながっていることを話すことはないはずだ。

「ここ数日、徳松の姿が見えぬが」

九郎兵衛は告げた。

「私も会っておりませぬ。何かなければいいですが……」

羽倉は不安そうに言った。


翌日、九郎兵衛が『五島屋』へ行く途中、中間《ちゅうげん》風の男が近寄ってきた。警戒して、いつでも刀を抜けるようにしたが、

「羽倉さまに頼まれてきました」

と、男は告げた。

どうやら、羽倉家の奉公人らしい。羽倉が九郎兵衛のことを呼んでいるという。

何の用だときいても、教えてくれない。

「『五島屋』に顔を出さねばならぬから、また余裕のあるときに伺う」

九郎兵衛は言った。

すると、中間は困った顔をしながら、

「重大なことだそうです」

と、言った。

「重大なこと？」

九郎兵衛は思わず声をあげた。

「詳しいことは、屋敷で」

「わかった。舟吉に話を付けてから伺う」

九郎兵衛は奉公人を先に帰らせた。

それから、『五島屋』に行くと、舟吉は自室にいた。文をしたためているところに、「徳松は今日も休みか」と、何気なくきいた。

舟吉は筆を止めて、

「ええ、そのようですね。本当に、親の面倒を見るというのは大変なことで」

と、答えた。

「だが、これだけ休まれては、お前さんも仕事に差し支えるだろう」

「まあ、そうでございますね。誰かもうひとり雇わないといけなくなるかもしれませんが……」

「そうだな」

「どなたか職を探している心当たりのある方はいますか」

「いや」

九郎兵衛は首を傾げた。

「もしいらっしゃったら、お声がけください。急ぎではありませんが、徳松さんもどうなるかわかりませんから」

「どうなるかわからないとは？　まるで徳松の身に何かありそうな言い方だが」

「とんでもない。もしかしたら、母親の看病のためにここを辞めるかもしれないと思ったのです」

舟吉はあわてて言う。

それはないと、九郎兵衛を言いかけたが、声を呑んだ。徳松は権太夫の依頼で舟吉の下で働いているのだ。

それから、九郎兵衛は少し用事があると言い、『五島屋』を出て、羽倉の屋敷に向かった。

珍しく、羽倉は昼間に屋敷にいる。

「重大なことだそうだが、何かあったのでござるか」

九郎兵衛はきいた。

「徳松が殺されました」

「…………」

九郎兵衛は耳を疑った。

「まだ公にはしていません。横十間川《よこじっけんがわ》に死体が浮いていました」

「下手人は？」

「手掛かりはありません。ただ、円寂の手口と同じで、毒針が使われています」

「だが……」

円寂からしてみれば、徳松も舟吉の仲間と思われたのだろうか。

しかし、円寂はよく調べて殺しを遂行しているはずだ。そうでなければ、次から次へと、すぐに舟吉に関わる者たちを殺してきただろう。

「今わかっているのは、これだけです」

「同心が調べているのか」

「ええ……」

「その同心というのは」

「大木」

「そうですか」

九郎兵衛は頷いた。

さっき、舟吉は徳松はどうなるかわからないと言った。まるで、殺されることがわかっていたようだ。

「あまり、徳松のことを調べるのは得策ではありません」

羽倉が言った。

「何ゆえに？」

「徳松も、松永殿も、鯰屋からの依頼で動いています。仮に、そのことが知られたとしたら、舟吉も警戒するでしょう」

羽倉は答える。

「知られることはないと思いますが……」

ただ、何があるかわからない。

「徳松のことは残念だが、それよりも一刻も早く円寂のことを調べ上げて、舟吉たちのことをさらけ出しましょう」

羽倉は力強く言った。

九郎兵衛は頷いてから、

「どうして、そこまでこの件に関心を持たれる？」

と、訊ねた。

羽倉にとっては、首を突っ込んでも何か得をする話ではない。

「ただ、気になったことはすべて解決しないと気が済まない性分で……」

「貴殿も、何かこの件に関わっておられるとか？」

「いえ、そういうわけではござらぬ」

羽倉の声は尻すぼみになった。

九郎兵衛は何かあると睨みながら、羽倉の屋敷をあとにした。

三

夕方、『五島屋』に行くと、舟吉が沈んだ顔で、

「徳松が殺されたそうです」

と、口にした。

「誰にだ？」

九郎兵衛は惚《とぼ》けてきく。

「毒針が使われていたとか。円寂の手口と同じです」

舟吉は徳松が殺されることを知っていたように思えてならない。

「徳松が殺されたことをどうして知ったのだ？」

「大木さまが使っている岡っ引きの手下が報せにきました」

「虎次か」

「ええ、まあ」

それから、舟吉は入谷にある徳松の実家に行った。徳松の亡骸がそこに運ばれた

という。

　翌日、舟吉が向島に出かけるので、九郎兵衛は付き添うことになった。

　道中で、徳松の話をした。しかし、舟吉は冷たく言い放った。

「いなくなった者の話は止めましょう」

「徳松は一緒に働いていた仲間ではないか」

「実は、徳松の仲間から良からぬ話を聞きました」

「良からぬ話？」

「まあ、いいではありませんか」

　舟吉は徳松の話を打ち切るように言う。

　釈然としないまま、九郎兵衛は話を変えて、向島には何の用事で来ているのか訊ねるが、

「『宇津木』のときからの仲間といいますか、知り合いといいますか。そのような方々との会合ですよ」

　と、答える。

「向島だと、行くのに面倒ではないか」

「まあ、そうなんですが。ひとりが、こちらに住んでいるので」

「どんな者なのだ」

「昔は色々な商売に手を出していた方ですが、今はもう辞めて、俳句だけを詠んでいるお爺さんです」

「名前は？」

「えーと、何でしたかな。俳号のほうは覚えていなくて」

舟吉は誤魔化すように答えた。

それから、急に話題を変えられた。

やがて、三囲神社の近くに着く。

半刻（約一時間）もかからないだろうと、舟吉は以前と同じ場所へ行った。

九郎兵衛は三囲神社の周囲を歩いていた。

しばらく歩いていると、腕を怪我した二十七、八歳の商人風の男と出くわした。

がっちりとした体つきで、小さな目に、丸っこい鼻であった。一瞥《いちべつ》をくれると男は九郎兵衛を見るなり、ぎくりとした顔をする。すぐに、平然を装うように軽く挨拶してきたが、怪しいと九郎兵衛の勘が働いた。

九郎兵衛は男に近づく。

「私に何か？」

男が口を開いた。

「さっき、俺を見て表情を変えたな」

「そんなことはございません」

「そうか？　俺に見覚えがあるのかと思ったが」

「いえ、貴方さまは私のことをご存じなので？」

「初めての気もするが、以前に会った気もしなくはない」

九郎兵衛は言った。

「私のような顔はどこにでもいますので」

「その腕はどうした？」

「これですか」

男は腕を重たそうに持ち上げた。

「喧嘩でもしたのか」

「いえ、商売の荷物を運んでいるときに、二階から落ちてしまいまして」

「何の商いをしている？」

「小梅村《こうめむら》で、酒屋を」

「そこの主か」

「いえ、番頭でございます」

「朝早くから、こんなところで何をしていたんだ」

「ちょうど、届ける品があったんです」

　男は答えてから、

「それより、どうしてそんなことをお訊ねになられるので？」

　と、訝しげに言う。

「どこか怪しかったから声をかけたまでだ」

「どこがでしょうか」

「逃げようとしたではないか」

「そんなことありませんよ。いきなり、角から貴方さまが出てこられたので、びっくりしただけです」

「そうか」

九郎兵衛は頷いた。

「まだ納得していないご様子ですね」

「ああ」

「何をそんなに……」

男はこめかみを掻いた。

「これから、店に帰るのか」

「は、はい」

「付いていく」

「えっ？」

「お前のところで、酒を買うから付いていく」

九郎兵衛は、びしっと言った。

「それは、ちょっと……」

「できないというのか」

「大変失礼ですが、まだお会いしたばかりで、貴方さまのことを知りませんし、少し恐ろしゅうございます」

「俺は松永九郎兵衛だ」

「松永九郎兵衛さま……」

「惚けるのか」

「何を疑っておられるのか知りませんが、本当にわかりません」

九郎兵衛はわざと腰の刀に手をかけた。

男はぎくりとしたが、身動きせずに、目だけを九郎兵衛の手元に向ける。

(こいつはできる)

瞬時に、悟った。

並みの者であれば、驚いて逃げるなり、立ち向かうとしたら、匕首を出すなりする。

だが、九郎兵衛が刀を抜くまで動かないでいるのは、鍛えられているからだ。

九郎兵衛は刀から手を離した。

「お前さんの店に行くのはできぬのか」

低い声できいた。

「もし、断ればどうされるおつもりで?」

「…………」

九郎兵衛は澄ました顔をした。

「ともかく、貴方さまの誤解を解かないと、どうにもなりそうにありませんね」

男は小さくため息をつき、

「大した店ではありませんが、付いてきてください」

と、歩き始めた。

九郎兵衛は肩を並べた。

「この辺りの治安はいいのか」

「治安と仰いますと？」

「何か物騒なことでも起こっていないか」

「ええ。なにせ、町場より外れていますからね。特に何もありませんよ」

「そうか」

九郎兵衛は頷いた。

男の足は速かった。まるで、早く面倒事を済ませたいようでもあった。

「この辺りで、細身で背が高い、三十歳ぐらいの男を見かけたことはないか」

九郎兵衛はきく。

「さあ、そのような背恰好の男はいくらでもいそうですが」

「百姓のようだったが、以前は村役人の姿になっていたこともあった」

「さあ、私にはさっぱり……」

「わからぬか」

「ええ」

男は小さく頷く。

わざとなのか、目を合わせようとしていない。

九郎兵衛が顔を覗き込むようにすると、ようやく目と目が合う。

「どうされたんですか」

男は気まずそうに目を逸らす。

「お前が本当のことを話しているのか、確かめようとしただけだ」

「本当のことも何も……。松永さまこそ、怪しいですよ」

「なんだと？」

「いえ、普通だったら怪しいということです。ですが、松永さまは何かしらの理由がありそうで」

「当たり前だ。好んで、迷惑をかけているわけではない」

「どんな訳がおありなので？」

男は恐る恐るきく。

九郎兵衛は大きく息を吐いてから、

「先日、襲われてな」

と、言った。

「襲われた？」

「ああ」

「誰が襲ったのかは？」

「見当はついている」

「まさか、私が襲ったと思っているのではないでしょうね」

「お前も怪我をしているからな」

「たったそれだけのことで、私が疑われているのですか」

「お前を一目見たときに、そう感じた」

「そんな……」

男は苦い顔をする。

九郎兵衛は懐に手を遣った。瞬時に、男の目が厳しくなる。

先日、襲った者から奪い取った小さな木彫りの仏像をしまってある。それを見せつけて、確かめようかとも考えた。

だが、惚けるだろう。

それに、何かの拍子に奪い取られるかもしれない。

用心して、一度懐に入れた手を出した。

男は依然として、警戒している表情だ。

「名前は？」

ようやく、九郎兵衛はきいた。

「………」

少し間があってから、

「私の名前ですか」

と、男はきき返す。

その間に、適当な名前を考えている気がしなくもなかった。

「当たり前だ」とも言わずに、九郎兵衛は力強く頷いた。

「あと、店の名前も」

「………」

「教えたくないか」

「いえ」

「なら、なぜ黙っている」

「お伝えしたところで、疑われ続けるのはわかっていますから」

男は小さな声で言った。

ふたりは通りから外れて小さな脇道に入った。

少し先は、道が細くなり、左右に雑木林が茂っている。

そこに入る前に、

「こっちの方に、店があるとは思えぬな」

九郎兵衛は立ち止まった。

途端に、男は煙玉《けむりだま》を投げてきた。

目の前が真っ白になる。痛みも少々走った。

再び視界が開けたときには、もうその男はいなくなっていた。

九郎兵衛は近辺を隈なく探した。たまたま通りかかった者にも、念のために、きいてみた。しかし、逃げた男の足取りは摑めなかった。

一刻（約二時間）ほどして、舟吉が戻ってきた。


昼過ぎに、『五島屋』に戻ると、舟吉は自室に入り、文をしたためた。遠方からも、何月何日に行くからという客の報せがよく届くので、その返事をしているそうだ。

「ところで、芝口橋で襲われたときのことだが、ひとりがこんな物を持っていた」

九郎兵衛は、懐から漆塗りの小さな箱を取り出した。

そのまま舟吉に渡すと、じろじろと箱を見ている。

「中を確かめても？」

舟吉がきいた。

「ああ」

九郎兵衛は頷く。

舟吉は開けた。

幼い男の子があんぐりと口を開けたような仏の姿が現れる。

何度見ても、違和感を覚える。

舟吉は仏像を遠い目をして見ていた。

「知っているか」

九郎兵衛が鋭くきく。

「円寂も、これと似たような仏像を持っていたような気がしました。妙な形だったことは確かなんです」

舟吉は答える。

「だとしたら、円寂の手の者なのかもしれないな」

九郎兵衛はそう言いながらも、素直にはその言葉を信じられなかった。

「円寂が泊まったときの宿帳はまだ残しているか」

「ええ、手前どもではすべての宿帳を残しておりますので。それに、あの円寂のことですから、何度も見直します」

舟吉は帳場から宿帳を持ってきた。

円寂の名前の書かれた箇所を捲《めく》って見せられる。

住まいの欄には、高野山と書かれている。

「高野山の僧なんだな」

「ただ、その後、同心が調べてくれたようなのですが、確かに円寂という僧はいるそうで、年齢や見た目もここに泊まった者と一致していました」

「高野山にいるのだったら、円寂から事情をきくことはできたはずだ」

「それが、よくわからないので」

「わからない？」

「同心の大木さまが言うには、高野山のことはなかなか調べられないと」

「裏に何かあるのか」

「そこまではわかりませんが……」

舟吉は首を横に振った。

「大木殿に、円寂の話をききに行ってもよいか」

「ええ。ただ、大木さまとて、手掛かりが摑めていませんから」

「それは百も承知だ。ただ、直接話せば、得られるものもあるかもしれない」

もし断ったら、どうするか。九郎兵衛は頭の中で考えていた。

しかし、舟吉はあっさりと、「でしたら、後ほど一緒に行きましょうか」と言いだした。

「一緒に？」

「いきなり大木さまを訪ねたとしても、向こうも不審がるかもしれません」

「お前さんがいれば、話はすぐに通じるというわけか」

「そう思いまして」

舟吉は顔を覗き込むようにして言う。

「八丁堀まで行けるか」

「ええ、寄席のほうは小僧に任せます。あいつも、ああいうのが好きなので、喜ぶと思います」

舟吉の顔は、片方の口角だけがわずかに上がっている。

「暮れ六つ（午後六時）に向こうに着くように行きましょう」

舟吉は言った。

八丁堀の同心屋敷では、夕方から夜にかけて、帰りがけの与力や同心たちを大勢見かける。寒さで体が縮こまっていて、顔も強張っているからか、どことなく気難しそうに見える。

舟吉は慣れているように、大木の屋敷の木戸門をくぐった。羽倉の与力屋敷は冠木門《かぶきもん》でだいぶ格に差があった。

玄関まで何度も通った道のように、後ろを歩く九郎兵衛を振り返って話しながらも、必ずしも真っすぐではない飛び石を軽々と渡る。

舟吉は玄関の土間に入った。九郎兵衛も続く。

舟吉が奥に向かって呼ぶと、少しして、衝立《ついたて》の向こうから小者がやってきた。

取り次ぎを頼むと、小者は客間に通そうとしたので、

「いや、それほど話し込む内容でもない」

九郎兵衛は、ここで構わないと伝えた。

大木はすぐにきた。

輪郭のよく整った瓜実顔《うりざねがお》で、実直そうな性格を醸し出している。

「大木さま、突然お邪魔して申し訳ございません」

舟吉はまず詫びを入れた。

大木は九郎兵衛をじろっと見てから、

「何かあったのか」

と、低い声できいた。

「実はこちらは松永九郎兵衛さまと仰いまして、手前が新たに頼んでいる用心棒なのですが、円寂のことを大木さまの口から直接ききたいとのことでして」

舟吉が伝えた。

「徳松が殺されたそうですね。円寂の手口と似ているとのこと」

「うむ」

「円寂について何かわかったことはありませんか」

九郎兵衛はきいた。

「大したことはわからぬ。だが、ひとつ言えることは、円寂というのは本当の名ではないだろう」

「高野山にも、同じ名前の僧がいるとのことでしたが」

「たしかにいる。円寂と年恰好も似ていて、同じ人物かとも思った」

「違うのですか」

「『五島屋』に泊まった円寂を直接見たわけでもないし、高野山の円寂とも話したわけではない。だから、なんとも言えぬが、話を聞いている限りでは違う者のような気がする」

「もしも、高野山の僧が、その円寂であったならば？」

「こちらから、捕らえに行くことはできない」

「如何《いか》なる訳で？」

「支配違いだ。寺社奉行の管轄だ。ことにあの場所は神聖なところだ。寺社奉行を動かすにしても、明らかな証が必要だ。面倒な手続きを踏まなければならぬ」

「もし、円寂が舟吉を襲ってきて、捕らえた場合には？」

「それならば、話は違ってこよう」

大木はそう言い、

「おそらく、円寂はひとりで動いている。他に仲間はいないだろう」

と続けた。

「ひとり……」

大木が、円寂がひとりだと言うのには、ふたつ理由があった。

ひとつは、毎回円寂だけしか姿を見られていないこと。

もうひとつには、死体を検《あらた》めてみると毒針の跡があることだそうだ。大木の見立てだと、針には痺れ薬が塗ってあって、相手を襲うときに逃げられないようにするためではないかという。

もし、大勢で襲うならば、そのようなことをする必要はない。ひとりで襲うからこそ、そのような手段を取ると考えているようだ。

「それも、そうですね」

説得力はあった。

「大木殿は、円寂が徳松を殺したとお思いですか」

九郎兵衛はきいた。

「手口が同じだからな」

大木は首を横に振ってから、

「しかし、円寂を背後で操っている者がいるのだ」

と、言い切った。

それから、数日は何も起こらなかった。

その日の夜四つ（午後十時）過ぎに九郎兵衛が帰ろうとしたとき、廊下で四十手前の精悍な顔立ちの浪人とすれ違った。浪人は不愛想であったが、軽く頭を下げて、二階へ上がっていった。この浪人は三日前に来て、まだ泊まっている。

大抵の客は、一泊や二泊が多い。

浪人が何のために、ここに三泊も泊まるのか疑問に思いつつ、小僧と婆さんにその浪人のことに注意するように伝えた。

小僧が言うには、宿帳に書かれた浪人の名前は東村藤之助《ひがしむらふじのすけ》、京に住んでいるらしい。

小僧は東村に関して、

「あまりお喋りなさらない方でございます。かといって、感じが悪いわけではございません。毎日お酒を少々呑まれますが、支払いはツケではなく、その場でいただいております」

と、話していた。

だが、婆さんは東村のことを毛嫌いしているようで、

「あまり好い人ではなさそうですよ。大して話さないし、目すら合わせてくれない。夜遅く帰ってくるから、申し訳ないの一言でもあれば、こっちの気持ちも違うのに、なんて無礼なんでしょうね」

と、腹立たしそうに言っている。

だが、東村という者が何をしているのかまでは知らないようであった。

九郎兵衛は、この浪人のことを舟吉にきいた。

舟吉も少し不自然に思っているようで、まだしばらく泊まるようだから、明日は東村を尾けてくれないかと頼んできた。

「別に構わないが」

「はい、自分のことよりも東村さまのことが少し気にかかりますので」

九郎兵衛は『五島屋』を出た。

帰り道は、芝口橋までは真っすぐ行った。もし、尾けられていたとしても、ここを通ることはすでに知られている。

芝口橋を越えると、立ち止まった。
耳を澄ます。
後ろから足音がする。
肩越しにちらりと後ろを見る。
ぼんやりとした提灯の灯りに職人風の男がふたり。何やら話していた。
警戒して、立ち止まったまま、いつでも刀を抜けるように構えていた。ふたりは
九郎兵衛を不思議そうに横目で見ながら、追い抜いていった。
九郎兵衛は少し間を取ってから、歩きだした。
家に帰るまで、襲われることはなかった。

翌日は、東村のあとを尾けるためにいつもより朝早く家を出た。

朝から小雨が降り、昨日より一段と寒くなっている。雲は低いところに留まっている。雪になりそうでもあった。

九郎兵衛が『五島屋』に到着したのが、四つ（午前十時）前。

東村はまだ出かけていなかった。

朝餉《あさげ》の支度で話しかけたという小僧によれば、『五島屋』のことは大通りで客引きをしていたのを目にしていたが、そのときには泊まるつもりはなく、神田明神の近くの宿を探していたそうだ。しかし、近くの宿が空いていなかったので、仕方なくこっちまで戻ってきて『五島屋』にしたそうだ。

「神田明神の方に毎日出かけられるのですか」

小僧がさらにきいてみたが、

「お前には関係ないだろう」

と、怒られたそうだ。

小僧は今日のところは、これ以上しつこくきけないと思い、それから何も話していないという。

昼過ぎになり、二階から足音がした。

それからすぐに婆さんがやってきて、

「東村さまがお出かけになられますよ」

と、伝えてくれた。

九郎兵衛は裏から出て、『五島屋』の入口が見渡せる少し離れたところの道端に立っていた。

東村は九郎兵衛とは反対方向へ歩いていく。

歩調はそこまで速くない。足を神田明神に向けて、路地を歩いている。

比丘尼《びくに》横丁や桂《かつら》横丁と呼ばれる通りを抜け、神田川沿いを歩き、和泉橋を渡った。

それから、しばらく神田川沿いを歩く。

しかし、湯島も通り過ぎて、水道橋《すいどうばし》で再び神田川を渡った。

警戒しているのか、途中で立ち止まり、辺りを見回すことがあった。その度に、九郎兵衛も同じようにした。昼間で多くの人の往来があるので、人混みに隠れられる。気づかれてはいなそうだった。

東村は大回りしながら、やがて小川町《おがわまち》までやってきて、細道にある小さな稲荷の鳥居をくぐった。

九郎兵衛は鳥居の前にやってきた。正面に祠が見える。しかし、東村の姿が消えた。

右手に小屋がある。どうやら、そこに入ったようだ。

小屋は通りに面して入口があるが、鳥居をくぐって祠へ向かうと、こっちのほうにも戸口があった。

九郎兵衛は小屋をじっと見ていると、いきなり戸口が開いた。

中から、五十くらいの肥えた男が箒《ほうき》を持って出てきた。

「ようこそ、お詣りくださいました」

男は九郎兵衛に挨拶をする。

九郎兵衛は軽く頭を下げて、形ばかりの礼拝をした。

男は見張るためなのか、九郎兵衛が稲荷を出るまで、ずっとその場で掃除をしていた。今日はこの辺りで諦めなければ、怪しまれそうだ。

一度、その場を離れた。少し一帯を回って、また稲荷に戻った。すると、さっき掃除していた男が、ちょうど小屋に戻るところであった。

扉が開くと、それほど広くない小屋の中を垣間見ることができた。

板敷の座敷に男が五、六人集まっている。そのなかに、東村の姿があった。

だが、その隣を見て、はっとした。

武田がいる。さらに、その隣には、先日向島で逃げた不審な男もいた。

やはり、全員がつながっている。

九郎兵衛は『五島屋』に戻った。

東村のことは、素直に舟吉に伝えた。舟吉は一つひとつの言葉に興味深そうに頷いている。

そして、明日も東村のことを調べてくれと頼んできた。

「そこまで、あの者を怪しむ理由は？」

九郎兵衛は舟吉を真っ直ぐに見てきいた。

舟吉は嫌な顔もせずに、

「これは私の勘違いかもしれないので、確信が持てるまで松永さまにはお伝えしないでおこうと思っていましたが」

と、息継ぎをしてから続けた。

「須崎左近さまが初めて『五島屋』を訪ねてきた日、東村さまがこの宿に泊まっていた気がするんです。宿帳には、違う名前が書いてあるのですが、文字が似ていまして」

舟吉は宿帳を持ってきて、九郎兵衛に見せた。

たしかに、文字は似ている。

「そのときの客が東村に似ているというのは、宿帳を読み返しているときに思ったのか」

「いえ、一目見たときから、そう思っていました。それで宿帳を確かめてみると、文字まで似ていまして」

「そうか」

九郎兵衛は頷いてから、

「それ以外にも、東村がそのときの客だと思うことは？」

「いえ、それだけです。ですので、確信が持てずにいました」

「今は確信を持っているか」

「まだですが、以前より強まっています」

「つまり、須崎の仲間だと？」

「それはわかりません。そもそも、円寂と須崎さまの関係もよくわかりません。須崎さまはそのうち話すと言ったきり、結局は何も言わないで殺されてしまいました」

舟吉の声は尻すぼみに小さくなった。

まるで、須崎を慕っていたかのような悲しい表情であった。

それから、急に改まった様子で、

「やはり、近頃、怪しい動きを多く感じます。『五島亭』の二階に引っ越してきてはいただけませんか」

舟吉が頼んでくる。

「だが……」

九郎兵衛は断ろうとしたが、

「この通りです。近頃、不安でして……」

と、頭を下げてきた。

わざとらしい。だが、引き受けることにした。

「では、残りの仕事を片付けてから、寄席のほうへ行きましょう」

舟吉は言った。

「徳松に代わって誰か寄席のほうを見ているのか」

「はい。新しく雇いました」

「ところで、徳松の葬式には行ったのか」

「いえ」

それから半刻（一時間）後、『五島亭』に向かった。

すっかり辺りが暗くなっていた。

『五島屋』の前の通りを抜けると、提灯も持たない男が柳原の土手の方に歩いていった。こんな寒い日にもあの場所には、夜鷹が出ている。それを買いに行くのだろう。

「江戸に来たからには、一度は夜鷹と遊んでみたいなどというお客さまもいます」

舟吉が苦笑いしながら言った。

「物好きもいるもんだな」

「ええ、本当に。変な病気にならなければいいのですが」

「それは、吉原に行ったとしても同じだろう」

「まあ、そうなんですが」

やがて、ふたりは寄席の裏手に着いた。

裏口から鍵を開けて中に入り、灯《とも》りを点した。

『五島屋』よりも広い台所であった。

二階には二部屋があるのみで、一部屋は寄席の控室だという。しかし、その控室の中に階段があるので、今通ってきた階段を噺家や芸人たちが使うことはないそうだ。

その控室の案内はされずに、これから暮らす部屋に通された。

十二畳の間は、がらんとしていて、窓際に文机《ふづくえ》と火鉢が置いてあるだけだった。

「もしご入用な家財道具がありましたら、蔵に使っていないものがいくつかございますのでお持ちいたしますが」

舟吉は言った。

「いや、これだけで十分だ」

九郎兵衛は答えてから、

「この部屋はやけに暖かいな」

と、言った。

「ええ、二階は窓が開けられないように塞いであります。そのせいか、風が入らずに、暖かいのだと思います」

「そうか。これくらいであれば、火鉢さえいらないかもしれぬな」

「それはお寒うございますよ」

「いや。暑がりなものでな」

「これから寒くなると思いますから、火鉢はこのままでよろしいでしょうか」

「構わぬ」

「あとは……」

　他にはもう説明することがないと見えたが、突然思い出したように、

「朝や昼間は特に松永さまにお頼みすることはないと思いますが、急に何かあるかもしれませんので、もしどこかお出かけするようでしたら、一言お伝えいただけると大変助かるのですが……」

　舟吉は頭を下げるように言う。

「わかった。そうしよう」

　九郎兵衛は頷いた。

「恐れ入ります。では、これからも昼過ぎに宿のほうに顔を出していただけますか」

「ああ」

「それでは、おやすみなさい」

舟吉は帰っていった。

九郎兵衛はひとりになると、天井裏に隠れられる場所があるか、畳の下はどうなっているのかなど、部屋の中を隈なく調べた。

怪しい仕掛けはなさそうだ。

だが、寄席という造りのせいなのか、やけに壁と床が厚く、さらに音が外に漏れにくいことが少し気にかかった。

階下で火事になっても、熱が伝わるまでに時がかかる。つまり、気が付いたときには、もう火の手がすぐそばにまで及んでいるかもしれない。

それに、大声をあげても、窓がないので外にまで声が聞こえるかわからない。

もし、殺そうとするならば、火事を装った放火をするかもしれない。

九郎兵衛はそうなったときのことを考え、どこかに抜け道を作るか、『鯰屋』の番頭にこのことを伝えておく必要があると感じた。

翌朝、明け六つ（午前六時）に『五島亭』を出た。

往来には、すでに通行人がぼちぼちと出始めていた。横丁から出てきた棒手振りが声高に掛け声をあげて、勇ましく歩いていたりと、朝から活気に満ちていた。

九郎兵衛は遠回りしながら、芝神明町の『鯰屋』へ行った。

九郎兵衛は伝えた。

「『五島亭』という舟吉がやっている寄席の二階に住むことになった」

「たしか、大通りに面したところにある」

「そうだ」

九郎兵衛は頷き、昨日部屋の中を調べたときに感じた疑問を話してみた。

「なるほど。たしかに、抜け道は作ったほうがよいでしょう。もし、火事になったとわかってから、ここからそちらに駆けつけるのでは時がかかってしまいます。何かあったときのために、近くに待機させておきましょう」

「待機？　誰をだ」

「こちらの用意する者です」

「だから、それが誰なのだ」

「松永さまには関係ないことゆえ、すべてお任せください」

幸之助は冷たく言い放った。

「関係なくはないだろう。万が一、助けに来たとしても、俺がそいつのことをわからなければどうにもできないではないか」

「いえ、その者には松永さまのことを伝えてありますので、ご心配なく」

「俺のことを伝えるといっても、実際に顔を見たことはないだろう？」

「…………」

「もしや、俺の知っている者なのか」

「そちらも、お答えするのは控えさせていただきます」

「どうしてだ」

「松永さまに関係ないことですから」

幸之助の口調は常に平板であった。

九郎兵衛はこれ以上、同じ問いを繰り返しても、この男は決して答えを変えないと感じた。

ならば、無駄は省いて、

「近くというのは、どのくらい近くで待機してくれるのだ。近頃は乾燥しているし、あっという間に火の手が回るだろう」

と、言った。

「それは、私もしっかり考えてあります。同じ町内とはいかなくても、隣町、もしくはその隣くらいまでには……」

幸之助は答えた。

そのくらいの場所に待機させるのならば、幸之助の言っている者が誰なのか探るのは難しくなさそうだ。

「他には、何かお困りのことはございますでしょうか」

幸之助がきいた。

「いや」

九郎兵衛は首を小さく横に振る。

それから思い出したように、昨日東村と武田、そして向島の不審な男たちが集まっていたことを伝えた。

幸之助は驚きもせず、

「くれぐれも、目的は舟吉が誰かを殺すように頼むので、それを遂行した後、舟吉をも殺すことです」

　と、釘を刺してきた。

　翌日、九郎兵衛はもう一度、東村を尾けた。

　向かった先は、昨日と同じ小川町の稲荷であった。境内の小屋に入っていく。中には何人もの影があったが、顔までは見えなかった。

　だが、昨日と同じ面子《メンツ》であろうと踏んだ。

　この辺りには、身を隠せる場所がないので、それだけ見届けると、一度『五島屋』の近所まで戻った。

　そして、武田の住む長屋に顔を出した。

　家の前まで来て、腰高障子越しに中を確かめてみたが、武田がいる気配はない。

　九郎兵衛は腰高障子を開けて中に入った。

　家財道具が少なく、部屋の隅の方に夜具が畳んであるのと、その隣に葛籠《つづら》がひとつ置いてあった。

　葛籠を開ける。

中には、まだ藩に仕えていた頃に身にまとっていたのであろう裃《かみしも》や、家紋が入った煙草《タバコ》入れ、さらには文が入った小箱が詰められていた。

文を読んでみると、武田の健康を気遣うことと、さらにはあまり武力を行使せず、話し合いで解決することを望んでいるので、下手に動かないでほしいという旨であった。

何を話し合いで解決しようとしているのかはわからないが、送り主の名前は二宮金次郎となっていた。

第四章　殺しの標的

一

九郎兵衛が再び八丁堀の羽倉の屋敷へ行ったのは、その日の夜であった。誰かに尾けられるかもしれないと、遠回りしてきた。

途中で怪しい影がいくつかあったが、九郎兵衛はうまいこと撒いてきた。

羽倉は九郎兵衛であれば、そのくらいのことは気を付けているであろうと踏んでいるらしく、「やはり、鯰屋権太夫はちゃんと松永殿を選んだのでしょうな」と、言った。

羽倉の癖で、語尾が微妙に上がる。真剣な話をしているときこそ、そういうことがあるのに気が付いた。

「ちゃんと選んだとは？」

意味深な言葉に、九郎兵衛は切り込んだ。

「権太夫は、松永殿を自由に使うために、はじめから網を張って狙っていたのでしょう。助けてもらったとお思いかもしれませぬが、最初からの狙いどおり、九郎兵衛殿に恩を着せたのです」

「そうかもしれません」

何度か考えたことがあった。

妹の件も含めて、何から何までどこかでつながっている気がしてならない。ただ、九郎兵衛は、背景に何があるのか、全貌のひとかけらさえも摑めていない。

「もしや、羽倉殿も……」

九郎兵衛は言いかけた。

「それは、松永殿の考え過ぎでしょう」

羽倉がぴしゃりと言った。今までにないほどの力強い口調と、これ以上勘ぐったら困るというような険しい目であった。

羽倉にしても、ただ興味があって、こんなことを調べているのか怪しい。一連の殺しについては同心の大木七郎に探索させている。その大木を差し置いて与力なのにこの事件に首を突っ込んでいる。

やはり、この男も何者かに動かされているのか、それとも舟吉や大木を排除することによって、何らかの利益を得ようとしているのか。

そもそも、与力と浪人という立場なのに、羽倉は九郎兵衛に対して言葉遣いが丁寧どころか、むしろ敬う様子である。はじめは、丁寧な人柄なのかと思ったが、もしかしたら九郎兵衛の後ろに権太夫、その後ろに老中の水野忠邦がいることで、あえてそのような言葉遣いにしているのかもしれない。

「鯰屋権太夫とは会ったことはござらぬか」

九郎兵衛は顔を覗き込むようにしてきいた。

「一度も」

羽倉は答えたあと、微妙な間が出来た。

それを埋めようとしたのか、「だが、方々で権太夫のことは聞いています」

と、言ってきた。

「方々で？」

「与力ですからな」

羽倉は答えにならないことを返してくる。

「それよりも」

話題を変えてきた。

「徳松のことでござるか」

九郎兵衛はすぐに察した。

「ええ」

羽倉は頷いた。

「大木殿が死体を検めたときには、毒針で痺れさせ、そのまま突き落とされたことにより溺死《できし》したということでした。また体全体に傷があることから、川上から流れる途中で色々なところにぶつかったという見解でした。しかし、とある蘭学医の先生に死体を検めてもらったところ、まず毒が体に回っていませんでした」

「と、いうと？」

「つまり、毒針を刺されたのは死んでからだということです。それに、肺に水が入り込んでいなかったことから、死因が溺死ということもなさそうです」

「真の死因は？」

「全身を殴られたことによるものだと言います」

「では、大木はわざと、違う検死の結果を示したのですな」

「蘭学の知識がなければ、これほど詳しくはわからないと、その先生は仰っていたが、死因を偽ったことは十分に考えられます」

羽倉は言った。

「何のために、死因を偽ったとお思いで?」

「わかりませぬが」

「推測されることはござろう」

「ええ。その前に続きが」

羽倉は話を進めた。

「死んだ日にちについては、徳松が姿をくらました日の翌日ということになっていましたが、こちらの調べでは姿をくらました当日には死んでいると」

「そこも、大木が偽っていると?」

「そのとおりです」

「やましいことがあるからでしょう」

九郎兵衛は決めつけた。

あの日の徳松の様子からして、『五島屋』の婆さんを警戒していたようだった。

それに、『五島屋』を出る前に、舟吉とふたりきりで話をしていた内容も気になる。

今までに、廊下で軽く話を交わすことはあったが、わざわざ舟吉の部屋でふたりきりで話しているところは見たことがなかった。

徳松は舟吉のことで、何か確信的なことを知ったから消されたのか。それとも、鯰屋権太夫の手先だと気付かれたから抹殺されたのか。そもそも、この殺しに大木や舟吉が関わっているのか。

九郎兵衛が考え込んでいると、

「徳松は舟吉について、何か重大なことを知ったのでしょう。いや、舟吉に関してだけとは限りませぬが」

羽倉が言った。

「大木についても？」

「はい。大木は矢部定謙さまの手先のような者でしたから」

「大木と舟吉は仲間同士？」

「徳松はその証を見つけたのかもしれませぬ」

羽倉は頷いた。

徳松はその証を得るために、権太夫から五島屋舟吉に近づくように指示されていたのだろうか。もしそうだとしたら、徳松はすでに『鯰屋』の番頭の幸之助に報せているかもしれない。

「それは、そうと」

九郎兵衛は不意に、

「武田一心斎が二宮金次郎という人物からの文を受け取っていた」

と切り出し、その内容も教えた。

「二宮金次郎殿といえば、あの……」

「同じ名前ということも考えられなくはござらぬが」

「おそらく、あの二宮殿でしょうな。それに、武力というのは、舟吉と大木殿を襲うことかもしれませぬな」

羽倉は決め込んで言った。

九郎兵衛もそう考えた。しかし、ふと違う考えも過った。

「待ってくだされ」

「なんでしょう」

「本当に、ふたりを狙おうとしていたのだろうか」

九郎兵衛は言う。

「おそらく。あのふたりが仲間であることは確かです」

羽倉は与力として調べてきたことだから、それは確実だと続けた。さらに、九郎兵衛に対して、

「松永殿も、おふたりが親しくしているのは、知っていることでしょう」

と、同意を求める。

さらに、

「一体、どこが引っ掛かるのでござるか」

ときいてきた。

「大塩平八郎の建議書のなかにも『五島屋』の舟吉の名前は出てきません。それに、羽倉殿の調べでは、殺された瀬戸物屋の浪速屋花太郎と呉服商の伊助は大木に命じられて大塩派の者たちを抹殺した男です。円寂の目的は、それに対する復讐だと考

えていいでしょう。だとすれば、大木を狙うのはわかるが、舟吉は関係ないのでは」

九郎兵衛は答えた。

羽倉は少し考えてから、

「ですが、二宮金次郎殿に仕えていた須崎又右衛門が殺され、その死を追っていた須崎左近までもが殺されています」

「はたして、又右衛門は円寂に殺されたのでしょうか」

「今回の件は、やたらと二宮殿も出てきます。武田も二宮殿と通じているとなれば、又右衛門でさえもこの一連の殺しに関連していると思うのですが」

九郎兵衛の疑問に、羽倉が答える。

「しかし、又右衛門を殺したのが、円寂とは言い切れないのではないでしょうか。もしかしたら、浪速屋や伊助が殺したということも……」

九郎兵衛は反論した。

須崎左近が『五島屋』を訪ねてきた話にしても、素直に舟吉の言うことを信じていいのかさえもわからない。

「たしかに、武田と又右衛門が通じているとなれば、松永殿の仰ることも頷けますな」

羽倉が深い目で答え、

「少々お待ちくだされ」

と、文机に向かった。

そこで、相関図を書いて持ってきた。

それを示しながら、

「大まかにいうと、矢部殿の下にいた大木、それに協力する舟吉。それと敵対する東村、武田、円寂。さらには、鯰屋から指示された松永殿と徳松がこの中にいるわけですな」

と、順に指を差した。

鯰屋から指示されたというふうに言葉を選んでいたが、おそらく老中の水野が裏にいるとでも言いたそうな面持ちであった。

羽倉がさらに続けた。

「浪速屋と伊助を殺したということは、武田や東村が大塩派で、復讐をしたと考えられます。舟吉は大塩派を殺していたわけではありませんし、大木と親しいだけでしょう。だから、次は大木を狙うのが順当だと仰るのですな」

「左様」

九郎兵衛は頷いた。

ようやく、羽倉は納得した様子を見せた。

ただ、すぐに険しい目になった。

「本当に大塩派の復讐ということでしょうか。もっと、複雑なことが絡んでいる気がしてなりません」

羽倉は腕を組んで唸った。

「どうして、そう考えなさる?」

「わざわざ、そのようなことで鯰屋が入ってくるでしょうか」

「…………」

裏に絡んでいるものが何なのか、羽倉にはなんとなくわかっている気がした。だが、九郎兵衛がきいても、羽倉は「証がないとなんとでも推測できますからな」と逃げるように答えた。

「今できることは、武田一心斎と、東村藤之助を調べることでしょう。武田に関しては、二宮殿とつながっていることはわかりましたが……」

羽倉は武田一心斎について調べたことがある、と続けた。

元々は、鳥取藩にいた。ただ本国でも江戸でもなく、京屋敷にいた。

「藩を辞めた理由は？」

九郎兵衛は途中で、口を挟んだ。

「同藩の者から話を聞いても、突然姿をくらましたとしか。ただ、常日頃から些細な悪事などに目を瞑ることができず、上役と揉めることもしばしばあったとか」

「やたらと正義感が強かったのですね」

「ええ、何人もがそう言っています」

羽倉は頷く。

京屋敷にいたとなれば、大坂とも近い。大塩平八郎となんらかの形で関わっていたことも考えられる。

「東村に関しては、まだ調べ切れていないが。しかし、宿帳には京の住まいが書かれていたのでしょう？」

「ええ、本当かわからぬが。それに、東村は怪しい動きをしているのに、わざわざ自らの身分を明かすようなことをするでしょうか」

九郎兵衛は疑問を呈した。

「わざと、かもしれません」

羽倉が少しもったいぶって答える。

「わざと？」

「東村には、元々自分の正体を隠すつもりはなく、むしろさらけ出すことで舟吉に対して警告を与えるとか」

「なるほど」

九郎兵衛は頷いた。

権太夫の予測では、舟吉が誰かを殺すように命じる。それが、東村なのか。東村も襲われるのを知って、わざと宿に泊まり、舟吉が大塩派の殺しに関わっていないか様子を窺っているのか。

それとも、わざと襲わせて、それを口実に舟吉ともども返り討ちにしようと考えているのか。

九郎兵衛の頭の中で、さまざまな考えがうごめいていた。

「東村はこれから調べるとして、須崎又右衛門は大坂の蔵屋敷に勤めていました」

羽倉が告げた。

「そういえば」

九郎兵衛は、ふと思い出した。

又右衛門が、昔、西の方にいたので、京にも何度か足を運んだことがあると言っていた。

そのことを羽倉に告げ、

「もしかしたら、武田と須崎も知り合いだったのかもしれない」

と、言った。

「考えられますな」

羽倉は頷く。

まずは武田と東村の関係を明らかにしようということで、羽倉と一致した。

「二宮殿に武田のことを聞くことはできませぬか」

九郎兵衛はきいた。

羽倉は少し悩んでから、

「やってみましょう」

と、答えた。

二

羽倉の屋敷から『五島屋』に行った。

舟吉はまだ帰っていないようであった。

しばらく、控えの部屋で待っていようかと思っていると、廊下で二階から降りてきた婆さんと出くわした。

「東村さまが……」

婆さんは九郎兵衛の顔を見るなり、心配そうに言った。

「何かしでかしたのか」

「いえ、今日は珍しくお帰りが早く、いま酒を一合頼まれました。それと、旦那と話したいということで」

「舟吉は？」

「いま寄席にいます」

「呼んでくるのか」

「迷っているのですが」

「呼んできたほうがよいのではないか」

「松永さまはそうお思いで？　旦那に何か危害を加えられるかもしれませんのに？」

婆さんは初めて会ったときのような、どこか怒ったような口調であった。

「そんなことはあるまい。それにいざというときには俺がいる」

「…………」

婆さんは、不審そうな顔のままだった。

「下手に断って、暴れられでもしたら、余計に困るだろう」

九郎兵衛は言い聞かせた。

「それはそうですが……」

婆さんの険しい目つきは緩み、深く頷いた。

「ともかく、舟吉に報せに行ってやれ」

九郎兵衛は促した。

婆さんは足早に出ていった。

間もなくして、舟吉だけが戻ってきた。

「東村さまがお呼びだと」

「そのようだ」

「なんでしょうか」

「部屋の外で、俺が控えている。安心しろ」

九郎兵衛がそう言うと、舟吉は一度頷いてから二階へ上がった。

「失礼いたします」

舟吉の声が聞こえると、九郎兵衛は階段を上がった。

廊下を忍び足で進む。慣れないからか、床がぎいっと軋む。息を殺して、ゆっくりと、東村の部屋の前で腰を下ろした。

片膝を立て、いつでも刀を抜けるように、柄に手をかける。

中から、ふたりの声が聞こえてきた。

はじめ、他愛のない話をしていた。

東村は思ったよりも、愛想の良さそうな口調であった。だが、言葉の端々がどこかきつかった。

やがて、「どうして、私なんぞと話したいなどと仰ったのでしょう」と、舟吉がきいた。

「この宿に泊まるときに、一度話したきりだったのでな。明日の夜にでも、ここを発とうと思っている」

「京にお帰りで？」

「いや、江戸にまだ少しおるが……」

言葉が途切れた。

舟吉も続く言葉を待っていたのか、返事はなかった。

九郎兵衛は柄を軽く握った。

「妙な噂を聞いてな」

「噂？」

「お主が大木七郎を金で動かしているとな」

「どういうことでしょう」

舟吉はきき返しながらも、口調は至って冷静であった。

「覚えがないのか」

「大木さまといえば、同心でございます。それに比べて、私はただの旅籠の主人。

大木さまを動かすようなことなどしません」

舟吉は言葉を選びながら答えているようであった。

「では、その噂は嘘であると……」

「一体、誰がそんなことを」

「噂だ。儂《わし》も信じているわけではない。ただ、そなたを信じてよいものか」

「もちろんでございます」

舟吉が答える。

「徳松のことは……」

東村が言いかけた。

それを遮るように、

「すべて」

と、舟吉は答えていた。

「心得た」

東村は気張って言った。

一体、何のことなのか、九郎兵衛にはわからなかった。ふたりだけで、何か意思疎通ができている。

「では、そろそろ行ってもよろしいでしょうか」

舟吉が訊ねた。

「ああ、面倒をかけたな」

東村の返事が聞こえると、九郎兵衛はそっと襖の前から離れ、下の階へ降りた。

しばらくして、舟吉がやってきた。どことなく、疲れた顔をしているが、同時に安心しているようでもあった。

「無事に」

舟吉は短く言った。

「あの者は何をしたかったのか」

「何、といいますと」

「お主が大木殿を動かしていると言っていたな」

「どこで聞いた噂なのやら」

舟吉はため息をついた。

「しかし、火のないところに煙は立たぬという」

「もしや、松永さまもお疑いで?」

「いや」

「それならばいいのですが……」

「どうした?」

「そんな噂が立っていたら、私としても大変迷惑な話でございまして。『宇津木』の隠居にも叱られます」

「どうして、『宇津木』の隠居に?」

「私がそうだと、隠居もそのように見られるからです。現に、あの方が隠居になったのも、私のせいの部分もありまして」

「どういうことだ」

「いえ、それはまた今度お話しします」

舟吉は言わなかった。

九郎兵衛も、追及しなかった。

その代わり、「仮にお主が大木殿を裏で動かしていたとして、何かまずいことでもあるのか」と、訊ねた。

「根も葉もないことを言いふらされるのは、真に心外にございますので」

「裏で動かしていても、大木殿が、悪事に手を染めていなければどうってことはないのではないか。それほど気にする必要はなかろう」

九郎兵衛は、探ってみた。

舟吉はじっと目を凝らしながら、

「それなんでございます」

と、声を低くして言った。

「よろしいですか」

舟吉が自室に誘った。

九郎兵衛は訝しみながら、ついていった。

部屋で、向かい合わせに座る。ここで、徳松が死ぬ前にふたりで話していたことを思うと、急に気味悪く感じてきた。

「余程の話か」

「ええ」

舟吉は声を落としながら、

「松永さまも勘違いされているかもしれませんが、同心の大木さまのことでございます」

「とんでもない」

「お主が裏で動かしていると打ち明ける気か」

舟吉は首を横に振る。

「それならば、よいではないか」

「私も知らなかったのですが、大木さまは今までに多くの者を殺しております」

舟吉は告げる。

「殺している?」

九郎兵衛は一応、驚いてみせた。

「自分で手を下しているわけではありません」

「では、誰か手下がいるのか」

「はい。それが、『五島屋』の常連だった瀬戸物屋と、呉服商です」

「どういうことだ。そいつらだって、殺されている」

九郎兵衛は、あえて理解できないといった具合に首を捻った。

「長い話になるのですが、手短に申し上げます」

舟吉は軽くため息をつく。そして、改まった声で続けた。詳しいことは話さないが、大木は上役に取り入るために、敵対する者たちを殺したという。

「それは、真か」

「はい」

「どうやって、知ったのだ」

九郎兵衛は身を乗り出した。

「徳松さんです」

「徳松だと？」

今度は、本当に訳がわからなくてきき返した。

「松永さまもお気付きかもしれませんが、あの者はただの太鼓持ちではありませんでした」

「………」

「ある密命を受けて、私に近づいた者です」

舟吉の声は、今までに聞いた中で一番重かった。まさか、自ら舟吉がその話題に触れるとは思わなかった。

「芝神明町にある御用商人の『鯰屋』主人の権太夫さんの指示です。いえ、もっと言えば、老中の水野越前守《えちぜんのかみ》さまの命でしょう」

舟吉の目は、鋭く光っていた。

(そこまで知っているとは)

不覚と、感じた。

ここに呼び出したのは、すべてを知ったうえで、九郎兵衛を討ち取ろうとしているのか。廊下の遠くのほうで足音が鳴る。

九郎兵衛は目だけを天井に遣った。

カタカタカタという音が、頭上を通り過ぎる。

(ただの鼠か。それとも、二階に誰かを忍ばせているのか)

九郎兵衛は用心して、いつでも動けるように足のつま先を立てた。

「松永さま」

舟吉は真剣な眼差しで呼びかける。

「貴方さまも、鯰屋さんの指示で私に近づいたのでございましょう？」

「…………」

不意をつかれ、思わず眉根が動いた。

「隠し立てすることはございません」

「何が言いたい？」

九郎兵衛は答えずに、問いかけた。

「警戒しないでください。今は、私も鯰屋さんのお味方でございます」

「味方？」

「訳をお話しいたします」

舟吉は口を開いた。

すべては、徳松がきっかけだと言った。舟吉は徳松が自分のことで何やら嗅ぎ回っているのを知って、わざと泳がせておいた。

そして、徳松が武田とこっそり会っているのを知った。一度だけでなく、何度も会っていた。

それを知り、舟吉は橋本町の親分の手下、虎次に頼み、武田を探らせてみた。

武田は虎次のことを信頼して、本当のことを話しだしたという。

「それというのが、徳松さんは武田さまが私を殺そうとしていることを知り、思いとどまるように言っていたそうです。それも、二宮金次郎さまの文書付きです」

舟吉は、まるで九郎兵衛がそのことも知っているとばかりに言った。九郎兵衛も、なぜ二宮金次郎なのかはきかなかった。

「武田がお主を殺そうとしていたのは、どういう訳だ」

「それが、大木さままでございます。なんでも、武田さまは大木さまに恨みを持っているようで、私がつながっているのではないかと思ったそうです。だから、殺そうとしたそうです」

舟吉は小さいながらも、力強い声で言った。

「武田の誤解は解けたのか」

「おそらくは」

「武田と話したのか」

「いえ、東村さまの態度からして……」

「さっきの話で？」

「はい」

舟吉は頷く。

「では、武田と東村はどうするつもりだ」

「わかりませんが、これから大木さまを狙うでしょう」

「お主はどうするのだ」

武田か東村のどちらかの命を取れと命じられるのかと思った。

少しの間、沈黙が続く。

やがて、

「何もできません」

と、舟吉は答えた。

「大木殿にも言わぬと？」

「そうですね……」

「見殺しにするのか」

「見殺しというよりも、流れに任せるということです」

舟吉は重い声ながら、顔は涼し気に答えた。

「時に、松永さま」

「なんだ」

「まさか、大木さまとは？」

舟吉の声は、やや焦っていた。九郎兵衛が大木とつながっていると危惧したのか。

「大木とはそなたといっしょに一度会っただけだ」

九郎兵衛は答えた。

心なしか、舟吉は安心したようにため息をつく。

今まで、舟吉が関わっているのではないかと疑ってきた。しかし、それが違うのかもしれない。大木の悪事に手を貸していなかったとしたら、この男はどんな悪事をしてきたというのか。

権太夫が殺すように命じているからには、舟吉が善良なはずはない。

（もしや、権太夫さえも舟吉が大木を動かしていると思い込んでいたのか）

だが、あの権太夫であれば、十分に調べるはずだ。

徳松以外にも、舟吉のことを探らせている者がいるかもしれない。それこそ、羽倉もそうだし、他にいることも十分考えられる。

それに、舟吉は一向に誰かを殺すように命じてこない。

「ところで、ここに最初に来たときに話していた円寂については、武田や東村たちの仲間ということか」

九郎兵衛は確かめた。

「おそらく、そうだと思います」

「根拠は？」

「円寂が殺しているのは、大木さまの手先です。武田さま、東村さまたちは大木さまに恨みがあるようでして、円寂が殺してきた人物たちと重なります。ですから、私が違うということがわかりましたら、平気なはずです」

「しかし、須崎又右衛門と左近の件もある」

そのふたりは円寂が殺したとも決め付けられないが、とりあえず口にした。

舟吉は九郎兵衛と同じく、

「おそらく、おふたりの死は円寂によるものではないでしょう。言うなれば、大木さまが指示して殺させたのかもしれません。そして、大木さまが円寂の仕業ということに仕立て上げて、私はまんまとそれに乗せられたと……」

と、答えた。

「うむ」

九郎兵衛は頷いた。

今まで考えていたことと一致している。舟吉は本当に大木を動かしているわけではないのかもしれないという思いが少し湧いてきた。

「それで、円寂ですが」

舟吉は発した。

「奴は向島にいるかもしれません」

「向島？」

「先日、松永さまと一緒に向島に行って、松永さまに待ってもらっているときに怪しい人物を見かけました。もちろん、姿を変えていましたが」

「もしかして……」

あの怪しい男か。あの者なら、武田と東村と一緒に、小川町の稲荷の小屋にも集まっていた。だが、そのことは舟吉には伝えていない。

その男の容姿を伝え、

「腕を怪我していなかったか」

と、きいた。

「はい。ですので、もしかしたら、松永さまを襲ったのも、その者かと」

「おそらくな」

九郎兵衛は言った。

「松永さまも見かけましたか」

舟吉がきいてくる。

「ああ。怪しいので、あとを尾けたら、煙玉を食らわされた」

「どうして、そのときに仰ってくださらなかったのですか」

「確信が持てなかったのでな」

九郎兵衛は適当に答え、

「それに、お主も言わなかったではないか」

と、きいた。

「正直に申しますと、そのときには私も松永さまを本当に信じてよいのか不安でした」

「今は不安ではないと？」

「はい。鯰屋さんからの指示で私に近づいたとわかったので」

「妙なことを……」

納得したわけではないが、九郎兵衛は頷いた。

「円寂については、どうするつもりだ」

九郎兵衛はきいた。

「もう襲ってこないのであれば、そのままで構いません」

「襲ってくるときには？」

「松永さまに守ってもらいます」

「奴を殺せと？」

「いいえ、ただ身を守ってくだされば」

舟吉は言った。

どこか、もやもやした気持ちであった。


夜も深くなりつつあった。

芝神明町に差し掛かると、どこかで半鐘が鳴っていた。火元は北東の方角らしい。

九郎兵衛は遠目に火事の煙を眺めながら、『鯰屋』の裏口を入った。

店の手代に案内されて、幸之助の元まで行った。未だに、権太夫は上方から帰ってきていないという。

「なんの用事なのだ」

九郎兵衛は幸之助にきいたが、案の定、教えてくれるはずもなかった。それから、さっそく、本題に移った。

「舟吉が、権太夫の味方だと言ってきた」

九郎兵衛は告げる。

幸之助はいつもの無表情で、

「味方というのはわかりませんが、見かけはそのようになるかもしれません」

と、温かみのない声で答える。

「しかし、権太夫は俺に舟吉を……」

「はい。今までは、すべて旦那の描いていたとおりに事は運んでいます」

「すべて、計画どおりだと？」

「いや、徳松さんが殺されたことだけは、予想しなかったことですが」

幸之助は答えた。

「徳松は誰に殺された？」

「わかりません。ただ、徳松さんのことはお気になさらなくてもよろしゅうございます」

「だが、この件とも絡んでいるのだろう」

「ええ。それはこちらでなんとかする話ですから」

「一体、この件に何人が絡んでいる？　おそらく、与力の羽倉も、権太夫の手の内にある者だろう」

「どうでしょう」

幸之助は曖昧に首を動かす。

「あとは、向島の、三十ぐらいで痩せて背の高い男だ。あの男は、前の件のときにもいた。今回も現れている」

「舟吉がその男のことを何か言っていたので？」

「いや」

「なら、松永さまの考え過ぎでしょう」

「そんなはずはない。何かしらに絡んでいるはずだ」

九郎兵衛は決めつけた。

証はないが、確固たる自信はあった。

「ですが、松永さまに危害を及ぼすことはないはずです」

「向島に行ったときに、別の怪しい男に煙玉を食らわされた」

「それは、松永さまがしつこかったからでしょう」

「その言い方だと、知っているようだな。今まで、お主に話したことはなかったではないか」

「松永さまが何をなさっていたかは、隅々まで把握しております。ですので、どうぞご心配ないように」

幸之助が冷たく言う。言葉の中身と違い、安心させる気はない言い方だ。

他にもききたいことはたくさんあったはずだ。だが、こうも躱《かわ》されると言いたいことも忘れてしまう。

「舟吉が誰かを殺すと命じると言っていたな」

「はい」

「それは確かなんだろうな」

九郎兵衛は厳しい口調で確かめた。

「間違いございません」

幸之助は、はっきりと答える。

「円寂を殺せというわけでもないのか」

「五島屋さんがそのようなことは言わないでしょう」

幸之助は当たり前のように答える。

「では、誰を……」

「それは、向こうの指示を待つしかありません」

もうこれ以上話すことはないとばかりに、幸之助はぴしゃりと言った。

三

翌朝、九郎兵衛は羽倉が屋敷を出る前の時を狙って、八丁堀を訪ねた。

羽倉は意外そうに、

「何か、ありましたか」

と、きいてきた。

それと同時に、

「ちょうど、松永殿のお耳に入れたいこともありまして」

とも言ってきた。

まずは、九郎兵衛から昨日あったことを話した。

「舟吉が、権太夫の味方ですと？」

「『鯰屋』に行って、番頭の幸之助に確かめたところ、見かけはそうなる、とだけ」

「ますます、訳がわかりませぬな」

羽倉は首を傾げた。

九郎兵衛も同じであった。

「ただ、舟吉が自らの身が危なくなってきたので、大木殿を裏切るということは考えられますな」

「このままだと、武田か東村が大木殿を狙うでしょう」

「それに、松永殿はこれから何をなさるので？　舟吉をどうしろと？」

羽倉がきく。

「様子を見ることにしますが」

「円寂については？」

「とりあえず、保留です」

九郎兵衛は答えた。

「松永殿。頼み事がござる」

「なにか」

「今度、調べてもらいたい者がいます」

「調べてもらいたい者？」

「伝六《でんろく》という者です」

「伝六……」

「この者は、一言でいえば、各地で一揆を起こしている者です。水戸藩下屋敷の裏手にある小屋に潜伏していたということがわかり、手下の者たちを使ってみたのが、逃げられてしまいまして」

「どこに逃げたのかは？」

「わかりません。ただ……」

羽倉はそう言い、立ち上がった。

後ろの文机から箱を持ってきた。

中を開ける。木彫りの仏像が出てきた。

その形は、あきらかに以前見た印旛菩薩と同じものであった。

「伝六の潜伏していた小屋から出てきました」

「ということは……」

「松永殿を以前襲った人物と関わりがあるかもしれません」

「調べてみよう」

「そうは言っても、なかなか難しいかもしれませぬが」

「いえ、思い当たる節が」

九郎兵衛は言った。

小川町の稲荷で、武田と東村、そして向島の怪しい男が集まっていた。その怪しい男が円寂ではないかと思うとともに、伝六本人、もしくは伝六とのつながりのある男かもしれない。

九郎兵衛はさっそく、向島に繰り出した。

しかし、その日はいくら探しても手掛かりすら見つけられなかった。


夕方。八丁堀に向かった。

同心屋敷地に入ってしばらくして、寒さなぞ気にしないかのように、堂々と歩く同心大木七郎の姿を見た。大木は九郎兵衛に気付いて寄ってきた。

気が付くと、ちょうど大木の屋敷の目の前であった。

互いに頭を下げると、「こんなところで、どうした？」

大木が低い口調できいてきた。

「知り合いのところに来ていて」

「知り合い？　松永殿に知り合いが？」

「何かおかしいですかな」

「言い方が悪かった。このあたりだと、与力同心ということだろう。そんな知り合いがいるようには見受けられぬが」

大木は、ずばずばと言う。

言葉遣いがもう少し厳しければ、同心が罪人を問い詰めているように見えそうだ。

「そのように見えぬかもしれませぬが」

九郎兵衛は濁すように答えた。

「よろしければ、知り合いのお名前を伺っても？」

大木の目が鈍く光る。

九郎兵衛は一瞬、ためらった。

しかし、ここで答えなければ疑われかねない。どうせなら、大木を訪ねたことにすればよかったと思いつつ、「関《せき》殿でござる」

と、答えた。

「関殿というと」口から出任せを言っているのではないかと、疑っている口ぶりだ。

「関小六《ころく》殿です。以前に、ある事件で、関殿と少し関わりが……」

九郎兵衛は言った。

あまり深く馴染みがあるわけではない。何度か話したこともあるが、向こうも九郎兵衛のことを頭の片隅に知っている程度であろう。

「左様か」

疑いが晴れたのかはわからないが、大木はそれ以上言及してこなかった。

「ところで、近頃、舟吉の様子は如何でござるか」

「以前ほど、どこかに出かけることがないのか、拙者が付き添うことも少なくなりましたが」

「円寂を警戒しているのだろう」

「だと思いますが」

「そういえば、徳松のことはご存じかな」

「殺されたそうですね」

九郎兵衛は素直に答える。

「うむ、横十間川で死体が見つかった」

死体の状況や死因を聞かされたが、羽倉から聞いたとおりであった。羽倉の言い分では、真ではない検死の結果である。

「誰から聞いたのだ」

大木はじっと見つめる。

「舟吉です」

大木は疑わしそうな目を向けた。

「舟吉が？」

「ええ、しばらく姿が見えないのでどうしたのだろうときいたら、殺されたと……」

「そうか。同心か与力の知り合いがいるのなら、その者から聞いたのではないのか」

「わざわざ、拙者に教えることではないでしょう」

「まあ、松永殿は徳松の死については何も関係ないだろうからな」

大木はどこか意味を含んだような言い方をする。

「ただ、気になるのは、東村という今『五島屋』に泊まっている浪人だ」

「舟吉も、警戒しています」

「松永殿が調べてくださったようで、小川町の稲荷で集まっているところに踏み込んだ」

「踏み込んだ？」

「生憎《あいにく》、東村と武田というふたりしかおらず……」

「そのふたりは？」

「いま大番屋にいる」

「何の嫌疑で、捕えたのです？」

「もちろん、徳松の殺害」

「口を割ったので？」

「まだだ」

「これから、どのようにして」

「そこは、拙者にお任せあれ」

大木は冷たく言い放った。

拷問でもしそうな、冷酷な目つきであった。

「ふたりが円寂と関わりがあると？」

「おそらく」

「しかし、円寂は単独だと」

「調べていくうちに、違うような気がしてきてな」

「どのように、調べたので？」

「それは言えぬ」

「では、どのような集団が舟吉を狙っていると？」

「それも、まだわからぬが、直にふたりが白状するだろう」

大木が言った。

「だとすると、舟吉は余程恨まれているということですか」

九郎兵衛はきいた。

「いや」

大木の目がきつくなる。

それ以上のことは言わない。

「ともかく、いったん屋敷に帰り、もう一度大番屋に行ってふたりを取り調べる」

言葉の勢いとは違い、大木はどこか悶々とした様子で屋敷に入っていった。

翌日。『五島屋』は静かだった。客がいる様子もない。

廊下を拭き掃除している小僧に、

「どうしたんだ」

と、きいた。

「ちょうど、お客さまが全員お発ちになりまして、徳松さんもあのようなことになってしまいましたし、少し宿は休もうかということになりました」

「寄席のほうは？」

「そちらも、しばらく休むそうです」

「舟吉は？」

「旦那のお部屋にいらっしゃいます」

九郎兵衛は廊下を進んで、舟吉の部屋の前に立った。

襖は開いている。

珍しく読書をしていた舟吉が、九郎兵衛を見るなり、本を伏せた。表紙には、

『孫子の兵法』と書かれている。

「なにやら、不穏なものを読んでいるな」

九郎兵衛は指摘した。

「いえ、近頃、困ったことが立て続けに起きているので、このような書物でも読んで、身の振り方を見極めようかと思っております」

舟吉はいつになく、真剣な眼差しであった。その目はすぐに、九郎兵衛が何を言いたいのか読み取ったように、大きく見開かれた。

「松永さま。武田と東村のことをもうお聞きですか」

「ああ。大木と会った。捕らえたのは、徳松を殺害した嫌疑だそうだな」

「どちらでお会いに？」

「ここに来る途中だ」

九郎兵衛は詳しくは言わなかった。

舟吉もそのことには、さらに言及してこない。

「もしかしたら、松永さまに警告を与える意味で、そのことを告げたのかもしれませんね」

「俺もそのうち、何かの嫌疑で捕まえられるか」

「なくはないかと」

「お主が武田と東村と会っていたのも、知られたかもしれぬ。そうでなくても、武田や東村が口を割るかもしれない」

「ええ」

「どうするつもりだ」

「どうするも、なにも……」

舟吉は少し迷ってから、

「私は何も悪くはありません。堂々としていればよいのですが、やはり大木さまは同心という立場を利用して如何ようにもできます。何か先手を打たなければなりませんね……」

と、やけに語尾を伸ばした。

どことなく、もったいぶっている。この男であれば、次に何をするべきか決めているはずだ。

ただ、九郎兵衛の頭の中で、不安の種があった。舟吉と大木がもう仲たがいをしているのが、確かなことかどうかだ。舟吉がそう見せているだけであって、実際は違うということも考えられなくはない。

「お主が大木に漏らしたのではないな？」九郎兵衛は低い声で、確かめた。

「いえ、まさか」

舟吉は思いきり否定してから、

「あのふたりが捕えられたとしても、まだ円寂がおります。私だったら、まだ狙われるかもしれないのに、ふたりだけを捕えるような真似はしません」

と、やけに、力を込めて言った。

それが、どことなくわざとらしくも聞こえる。

「円寂が誰なのか、もしかしたら既に調べがついているかもしれません」

舟吉は九郎兵衛の疑いを払拭《ふっしょく》するように言った。

「どうやって？」

九郎兵衛はきき返す。

「わかりませんが……」

舟吉は息を呑んだ。

再びもったいぶってから、

「昨晩、私の持っている長屋が燃やされました」

と、告げた。

「何」

昨夜、『鯰屋』に行く途中に見た火事がそうだったのだろうか。

「幸い、発見が早く、長屋だけの焼失で済み、店子もすべて逃げて、命に別状はありませんが」

舟吉は肩を落として、

「あの大木さまのことですから、そうすることも考えられます」

と、言った。

「考えられるというと?」

「以前にも、そのようなことがありました。先日お話しした、うちの常連だった殺された瀬戸物屋と呉服商に、そういう類いのことをさせていましたから」

「だが、お主がそれに気が付いたのは最近のことなのだろう?」

九郎兵衛はすかさず確かめた。

「え、はい」

舟吉は一瞬戸惑ってから、すぐに頷いた。

「まるで、昔から知っているような言い方ではないか」

「いえ、そんなことはありません」

舟吉は否定してから、

「ともかく、大木さまは同心という立場を利用して、好き勝手なさっています。このままでは、私の命も狙われかねません」

と、重たい声で言った。

「ただ、武田や東村のことがどうやって、大木に知られたのか」

「おそらく、うちの婆さんでしょう」

「え？」

「近頃の動きを見ていると、どうも怪しいのです」

「だが、付き合いは長いのだろう？」

「あの婆さんであれば、大木さまになびいてもおかしくありません。金で動かしたのか、それとも、他に何かあるのかわかりませんが」

「では、婆さんをどうするのだ」

「しばらく休ませました」

「さっき会ったとき、そのようなことを言っていたが」

「今日から数日間は、客をとらないことにして、長年勤めてくれたのを労《ねぎら》うということにしています」

「素直に従ったのか」

「はい」

「だが、数日経ったら、また婆さんはやってくるだろう」

「それまでに、大木さまの件は決着をつけます」

「どうやって」

「松永さまに」

舟吉はゆっくりと口を開いた。

じっと、九郎兵衛を見つめる。

「それで？」

九郎兵衛は待つつもりが、先走った。

すぐに、舟吉は答えない。

「大木を殺せと？」

九郎兵衛は、先手を打つように、無意識のうちに前のめりになって声を発した。

「いえ」

舟吉は首をゆっくりと横に振る。

「大木さまも、結局はある人物の指示に従っているだけでございます」

「その人物は？」

「…………」

「答えられぬのか」

「そういうわけではございませぬが、重大なことですので」

「重大なことだからこそ、こうやってきいておる」

九郎兵衛は苛立ちを覚えた。

摑みどころがなく、何を隠しているのかがわからないところは、権太夫と同じだ。

しばらく、無言になった。

舟吉は背筋を伸ばしたまま、表情を変えずに、じっと九郎兵衛を見ている。目の奥を覗き込んでいるようでもあり、顔の表情を読み取ろうと全体的に見ているようにも感じる。

「松永さま」

舟吉が口調を改めた。

「なんだ？」

「ある人物を殺していただきたいのです」

ついに舟吉が言いだした。

九郎兵衛が口を開きかけたとき、

「実は私も」

と、舟吉の声が重なった。

「すみません。どうぞ」

舟吉が譲る。

「お主が先に」

九郎兵衛は促した。

舟吉は厳しい表情で頷き、

「実は私もその人物の真の正体を知りません」

と、言った。

「それなのに、殺せと？」

「はい。裏で幕府の役人たちを自在に操れる力がある者ということだけはわかっています。そして、すべての異変にその人物が絡んでいるということも」

「もしや、大木を陰で操っているのがその人物か」

「そうです」

「矢部定謙と深い関係があるのか」

「いえ」

舟吉は首を横に振る。

「私が調べた限りでは、矢部さまとは関係ありません。ただ、大塩平八郎や矢部さまの失脚で恨みや不平不満を抱いている者たちを言葉巧みに煽動していると睨んでいます」

「その男の狙いはなんだ？」

「わかりませんが、幕閣内での権力争いかも」

「しかし、つい最前まで、そなたはそのような話は一切しなかった。なぜ、今になって？」

「このままでは、私の命も危ういことと、松永さまが信頼できるお方とわかって、秘密を打ち明けてもいいと。もうひとつ。その人物の今の隠れ家がわかったからです。高輪の大木戸の少し先にある久世寺《くぜでら》の境内の離れにおります。泉岳寺《せんがくじ》の近くでございます」

と、舟吉は告げた。

「そこを襲えと」

「はい」

舟吉は立ち上がり、桐箱を持ってきた。

蓋を開ける。中には紫色の袱紗《ふくさ》で何かが包まれている。それを取ると、小判の山が見えた。

ざっと百両ほどだ。

「これで、殺せと」

「足りないようでしたら」

「いや、それよりも、こんなに用意していたということは、元からそいつを殺す目的だったということか」

「いえ……」

舟吉は目をそっと逸らした。

「よい」

九郎兵衛は袱紗を被せた。

おそらく、権太夫はこのことを言っていたのだ。

舟吉が人殺しを命じた。ようやく本性を現したのだ。舟吉のせいで何人もの人間が死んでいるという権太夫の言い分は間違っていないようだ。

「お引き受けしていただけますか」

舟吉が確かめてきた。

「相手の名前も理由も知らないのに、お主の言葉に従えというのか」

九郎兵衛は探ってみた。舟吉の態度からして、相手のことを知っているように感じる。

「そのお気持ちはわかりますが、その人物がいることによって、これからも何人もの人間が死ぬかもしれません。どうかお願いいたします」

舟吉は頭を下げた。

「そなたの正体はなんだ？　ただの宿屋の主人ではないな」

「相手を殺したあと、何もかもお話しいたします」

舟吉は鋭い目を向けた。

九郎兵衛はその目を見つめ、

「いいだろう」

と、応じた。

「だが、この金は受け取らぬ」

九郎兵衛は桐の箱を突き返した。

この金がきっかけで、あとで妙な嫌疑をかけられても困る。それに、いくら殺してほしいという人物が大木を裏で操っているとしても、大木は武田や東村と同様に、九郎兵衛をも捕まえようとするかもしれない。そのときに、この百両があれば、証となってしまう。

権太夫に十分に金をもらっているので、暮らしに困ることもない。

舟吉は金を受け取らないことに不思議そうな顔をしつつも、

「早く実行するに越したことはありません。あと、できるだけ夜討ちをしたほうがいいかと思います。ですので、今夜にでも」

と、指示してきた。

「いや」

九郎兵衛は首を捻った。

「一緒に付いてきてもらえぬか」

「私が行くのですか」

舟吉が嫌そうな顔をする。

「俺が会ったことのない人物だ。久世寺に行っても、お主が言った人物かどうかがわからないであろう」

「そうではありますが、松永さまであれば、すぐに悪人の面がわかると思います。それだけ、場数を踏んできていると見ております」

舟吉は託すように言う。

「そうではあるが、念には念を入れねばならぬ。誤った者を殺すのは、俺の信条に反する」

九郎兵衛は言い返した。

「少し離れた場所で待っていればいい」

「わかりました」

舟吉は頷いた。

どうせ、その者を殺したあとに、舟吉を始末しなければならない。それならば、その場で舟吉も殺せば世話がない。それに、死体が見つかったときにも、このふたりが密会しているところを何者かが襲ったというように見せかけることができる。

「では、今宵五つ半（午後九時）、高輪の大木戸で落ち合おう」

九郎兵衛は立ち上がった。

舟吉の言葉をすべて信じたわけではない。しかし、権太夫の指示に従うまでだ。


夕方、八丁堀の羽倉の組屋敷に行った。

羽倉が帰ってくるのを待つことにする。家の者は、九郎兵衛が羽倉と懇意だと感じているらしく、あっさり客間に上げてくれた。

待っている間に、女中が茶やら菓子やらを持ってきた。

「旦那さまは、松永さまのことを頼りにしています。ああいう方が一番信頼できるのだと、近頃では口癖のように家来たちに言い聞かせています」

と、世辞らしいことを言う。

九郎兵衛は悪い気はしないが、素直に笑って返す柄でもない。

女中にさりげなく、羽倉のことをきいてみた。

「旦那さまは、真面目過ぎるほどの方です。それゆえに、不器用ですが、上役からも町人からも信頼が厚いはずです」

女中は答えた。

九郎兵衛はさらに羽倉についてきいた。女中の話すことは、九郎兵衛の感じたとおりのことばかりであった。羽倉は悪事には手を染めない。上役や同僚であっても、不正は許さない。それもあって、逆恨みを受けることもあるという。特に、大木七郎に対しては厳しかった。

「一度、この屋敷で小火《ぼや》騒ぎがありまして。旦那さまは大木さまのことを疑っていました」

結局、他の者が捕まって事は済んだが、羽倉は未だに大木の仕業だと思っているそうだ。

そんな話をしていると、羽倉が帰ってきた。

羽倉は客間にやってくると、

「まずいことになりました」

と、口を開いた。九郎兵衛は自分のほうが大事な話があるというのに、羽倉の焦りように、つい話を譲ってしまった。

「なんです」

九郎兵衛がきき返す。

「印旛沼の治水工事を何者かが邪魔立てしようとする計画を立てていたそうです。それに関わっている者として、何人もの名前が挙げられているが、そのなかに五島屋舟吉や拙者の名前があるそうで」

この際に、大木は敵対する者たちをつるし上げるのではないかと、羽倉は推測している。

「それは確かなものですか」

「噂程度だが、奉行所での噂ですので」

羽倉は確信を持っているらしい。

一呼吸して、さらに続けた。

「特に、大木は五島屋舟吉を、反逆の疑いがある者たちに資金の援助を行っていたとして、明日、明後日にでも捕まえるつもりだそうです」

「早急ですな」

このことを舟吉は既に知っていたのだろうか。それで、九郎兵衛に大木を動かしている者を殺せと言っているのか。

「松永殿も気を付けなければ、巻き添えに……」

「心得ておる」

九郎兵衛は答えてから、

「実は、舟吉が拙者にある人物を殺せと頼んできました」

と、告げた。

それから、さっき話したことをつぶさに伝えた。

意外にも、羽倉はそこまで驚いてみせない。

「それで、万が一のことがあれば……」

九郎兵衛が話している途中に、

「縁起でもない」

と、羽倉は首を横に振った。

「念を押しているだけでござる。徳松も殺されたことです。何かあれば、舟吉にやられたと思ってほしい。そして、権太夫に伝えてほしいです」

心にもないことだが、多少の胸騒ぎはあった。

久世寺に狙う人物がいることを告げて、九郎兵衛は八丁堀をあとにした。


それから、九郎兵衛は高輪に向かった。

大木戸に着いたのは九郎兵衛のほうが早かった。しばらくして、舟吉が駕籠でやってきた。

大木戸には、高輪の岡っ引きが睨みを利かせていた。この岡っ引きは、瀬戸物屋の浪速屋殺しの件で探索していた者だ。

舟吉が通ると、岡っ引きが近寄ってきて、

「歩きで行くなら、気を付けてくださいよ」

と、言ってきた。

「ちょっと、品川に遊びに行くだけですので。それに、用心棒もいますから」

舟吉が笑って返した。

岡っ引きが九郎兵衛を見る。

互いに頭を下げて、その場を去った。

なぜ、岡っ引きがいたのか、九郎兵衛は不思議に思ったが、大木戸から離れると、そのことは気にならなくなった。

やがて、辺りに灯りが少なくなった。かなたの海岸沿いには、火事のような明るさが見える。

品川宿だ。

小雨が降り始めた。靄《もや》もかかっている。

「ちょうどよいかもしれませんね」

舟吉は言った。雨が足音を消すというのか、それとも靄が姿を隠してくれるというのか。どちらとも取れるが、まるで雨の中で決闘をしたことのあるような、わかりきった言い方であった。

ふたりの歩調が、おのずと速くなる。

「もしも、その男を殺したならば、俺の役目は終わりか」

九郎兵衛はきいた。

「そうですね」

舟吉が考えるように言う。

「また誰かを殺させるのか」

「そんなことを考えたことはございませんが……」

舟吉は含みのある不敵な笑みを浮かべる。

大木戸からそれほど歩かないうちに坂を上る。

まずは、泉岳寺の方へ向かった。

途中で、

「今まで、人を殺させたことは？」

と、訊ねてみた。

「いえ」

舟吉の声は、どこか軽かった。

「松永さまは何人を？」

「数えておらぬ」

「十より多いのでしょうか」

「さあな」

九郎兵衛は突き放すように答える。

ただ、間を持たすための意味のない質問に思えた。

やがて、泉岳寺の門が見えてきた。

そこを通り過ぎる。

数軒先には小さな古びた寺があった。少し奥まったところで、寺の周りには木々が生い茂っていた。久世寺だ。

四

雨がさっきより強まる。

九郎兵衛と舟吉は二十段ほどの石段を上がり、久世寺の山門をくぐった。

「まるで、今日やれと言わんばかりで」

いつになく、舟吉は饒舌だ。

耳障りだった。

九郎兵衛は冷たい目で一瞥した。

「ここからは、慎重に」

舟吉が慣れたように忍び足で、本堂の横を突っ切る。

九郎兵衛も続いた。

周囲に簡素な囲いをしつらえた建屋が見えた。門も装飾などが施されていない。派手さはないが、目が闇に慣れてきたからか、暗くても枝折戸《しおりど》や囲いの新しさはわかる。

中から灯りが漏れている。声はなかった。ただ、どこからともなく、烏の鳴き声がやけに響いていた。

「まずは確かめてきます」

舟吉はそう言って、庵《いおり》の枝折戸を入った。九郎兵衛も続く。

舟吉は建屋に近づく。灯りが漏れている窓の下に舟吉は行った。

様子を窺って、舟吉が戻ってきた。

「いました。ひとりのようです」

「そうか」

「私は先に帰っておりますので」

舟吉が去っていく。

雨に濡れた四角い背中が、不気味なほどに大きく見えた。だが、それも一瞬のことで、すぐに闇に消えていった。

雨がさらに強まってきた。

九郎兵衛は裏庭に向かった。池があり、小さな滝が流れている。滝の横には、身を隠せるくらいの大きさの岩があった。

九郎兵衛は丹田《たんでん》にぐっと力を込めて、建屋に近づいた。

雨戸の下に小柄《こづか》を差し込んで浮かして静かに外し、素早く縁側に上がる。

障子に影がひとつ。障子の隙間から部屋を覗く。男が背中を向けている。傍らに、徳利《とっくり》と猪口《ちょこ》。手酌で呑んでいるようだ。

九郎兵衛は息をひそめる。ふと影が立ち上がった。気づかれたか。

九郎兵衛は咄嗟に障子を開けた。

相手が振り返った。

目の前に相手の顔。

「あっ」

九郎兵衛は声をあげ、

「なぜだ」

と、唖然とした。

鯰屋権太夫がそこにいた。

権太夫は慌てる様子もなく、にたりと笑っている。

(なぜ、ここにいる。大坂にいたのではないのか)

唖然としていると、

「松永さま。お久しぶりでございますな」

権太夫は発した。

「なぜだ。なぜ、ここに？」

九郎兵衛はやっと声を出した。

「まあ、落ち着いて」

権太夫は、これから事情を話すと言わんばかりに、雨戸を閉めに行った。急に、雨の音も小さくなり、権太夫が部屋に戻った。

権太夫のやや掠《かす》れた声がよく聞こえた。

「まあ、お座りになって」

「訳がわからぬ」

「それでよいのでございます」

「これも、すべてお前さんの算段どおりなのか」

「ええ」

権太夫が、ゆっくりと頷いた。

「はじめから舟吉はそなたを殺すように俺に命じると思っていたのか」

「まあ」

「舟吉を殺すのが狙いなら、舟吉を殺せと命じればよいだろう。どうして、こんなにまどろっこしいことをする」

「舟吉の正体がはっきり摑めなかったからですよ」

権太夫が言い、

「与力の羽倉さまや徳松に探らせたが、どうしても尻尾を出さない。それで、やむなく、このような手立てを」

「舟吉は何者なのだ？」

「松永さまは、そんなことをお考えにならなくても」

「冗談じゃない。あいつを斬る理由はない」

「あの男は私を殺そうとした男です。それだけで、十分ではありませんか」

「なぜ、舟吉はそなたを殺そうとしたのだ？」

「複雑な背景があります。ですが、松永さまには関係ないこと。知る必要はありません」

「そうはいかぬ。俺とて事件に巻き込まれているのだ。何が起こっているのか知る必要がある」

「ある程度は松永さまもおわかりでしょう」

権太夫は、さもわかりきったように言う。

「舟吉は大木と結託している。その大木は、失脚した矢部定謙の下で、数々の不正に手を染めていた……」

「まさに、そのとおりにございます」

「では、円寂というのは？」

「私には関係ございません。ただ、矢部さまの下で殺された大塩派の者たちの仲間です」

その下手人が、浪速屋や呉服商伊助だというので、武田、東村、円寂などの者たちは復讐を企てていたという。

「その復讐に、舟吉は巻き込まれただけです」

「…………」

「大木さまと舟吉は仲間のようでありますが、大木さまは矢部さまの恨みを晴らすこと、舟吉は自身の利益のためです」

「大木の目的は復讐だとして、舟吉の狙いはなんなのだ。そもそも、舟吉は何者なのだ？」

九郎兵衛は改めてきいた。

「ですから、松永さまは知らなくてもいいのです」

「教えたくない訳があるのか」

「いえ、松永さまが知ったところで、どうなるというものではありません」

「ひょっとして」

九郎兵衛は羽倉の言葉を思いだした。

「俺は偶然にも印旛沼の干拓事業のことを知った。その印旛沼の治水工事を何者かが邪魔立てしようとしているそうではないか。舟吉もその仲間か」

うふっと、権太夫は笑った。

「正体を知らねば、どうしても舟吉を斬れないというのであれば、大まかなことはお話ししましょう」

権太夫の声は、やけに重かった。

九郎兵衛は頷いて、権太夫の顔を見た。

「そのとおりです。舟吉は水野さまがなさろうとしている改革を邪魔しようとしているのです。そのなかでも、印旛沼の干拓は重大なことです」

それから、手短ではあるが、印旛沼の水害によって、どれだけの農民が苦しんでいるか。この事業が成功したら、どれだけの農民が救われるか。権太夫は当事者のごとく、話した。

「この辺りのことを詳しく知りたいようでしたら、二宮金次郎さまにおききになるのがいいでしょう。私と同じことを話すはずです」

権太夫は、胸を張って言った。

だが、口にしたのはきれい事だけだ。その裏に利権が絡んでいることを権太夫は言わない。

九郎兵衛の考えを見抜くように、

「どんなことがありましても、このような改革なくして、この国はよくなりません。それを邪魔立てするということは、はたして許されるのでしょうか」

と、権太夫は諭す。

九郎兵衛の生まれ故郷の丸亀でも、幾度か水害があった。その度に、苦しんでいる農民の姿を見た。農民だけでなく、商人や武士にも、その影響は及ぶ。

「つまり、舟吉は領民の敵にございます」

権太夫が言い放った。

「なぜ、舟吉は邪魔をするのだ？　ひょっとして、水野を失脚に追い込むため……」

九郎兵衛は、はっと気づいた。

「そうか。『宇津木』の隠居は公儀隠密だったという。舟吉はその意志を継いでいる。つまり、反水野派の……」

「松永さま」

権太夫が声を遮り、

「そういう問題に立ち入る必要はありません。ただ、舟吉は自分の利益のためだけに、印旛沼の治水工事を妨害し、農民たちを苦しめようとしている。舟吉には手足として動かせる手の者が何人もいます。それだけでも、舟吉をこのままにしてはおけない理由として十分でしょう」

「………」

確かに、権太夫の話を聞けば、舟吉に対する怒りが湧いてくる。しかし、権太夫はすべてを話していない。

もちろん、幕閣内の権力争いには興味はない。だが、舟吉ひとりを斃《たお》すことで治水工事は無事に進むのか。

「わかっていただけましたか」

権太夫は言い、

「私としては、私を殺そうとしたことだけでも舟吉を斬るには十分な理由があると思ったのですが」

「今回、色々な人物が登場し、事情が入り組んでいて、皆がどこまで本当のことを言っているかわからない」

「舟吉が私を殺そうとしたことは明確な事実ではありませんか」

権太夫は落ち着き払って言う。

「だが、舟吉が本当に治水工事の妨害をしているのか……」

九郎兵衛が口を開いた瞬間、背後の襖が開く音がした。雨の音も大きく聞こえた。

同時に、殺気を帯びた気配を感じた。

九郎兵衛は片膝を立てて、そこを軸に、くるりと回る。刀を顔の前に構えた。

そこに、斬り込んでくる黒い影。

刀を受け止めた。

重い。今まで受けてきたなかで、一番重い。

両手で、押し返した。

相手と距離が出来る。

手に長どすを持つ五島屋舟吉の全身が見えた。今までに見たことのない修羅の顔をしている。閻魔大王《えんまだいおう》のように、体から炎を発するほどの気迫だ。

息を継ぐ間もなく、舟吉は再び襲いかかる。

九郎兵衛が刀で受けて、押し返すと、構える暇もなく、次から次へと攻撃を繰り出してきた。

頭上から、足元から、横から、すべての方向から剣先が飛んでくる。一瞬の油断も、命取りになる。初めて、気を引き締めなければ死ぬ、と感じた。

何度か繰り返したら、一度、舟吉の動きが止まった。

舟吉の目が、素早く左右に動く。

権太夫に狙いを定める気か。

九郎兵衛は横目で権太夫の居場所を探った。

（いない）

いつの間にか、姿をくらましていた。

舟吉もそれに気付いたのか、再び九郎兵衛を襲ってきた。

また受け止めるだけだ。

こちらから仕掛けることを許さない早い動きであった。

舟吉は一言も口にしない。ただ、力を込めたときに喉から漏れる「うっ」とか「えい」という声だけが、静かに聞こえる。

何度か鍔《つば》迫《ぜ》り合いが続くと、舟吉が再び離れた。

無駄な動きがない。常に考えながら、狙ってくる。

相手の刀を受け止めて、弾き返すだけなら、どれだけ続いてもやられない自信はある。だが、こちらが攻撃をする隙がない。

『晋書』の「死中に活を求める」という言葉が脳裏を過る。「肉を斬らせて、骨を断つ」という戦法もある。

今までに採ったことのない策だが、これしかない。

九郎兵衛はなりふり構わず、相手が突っ込んできたと同時に、

「ええい」

と、飛び込んだ。

「うっ」

舟吉は驚いたかのように、半身を軽く左に避けた。

びゅん、と耳の横で刀の音。

一刀を肩先に食らった。

だが、愛刀三日月は、相手の胸を突いている。

「何くそ」

舟吉は刀の先を素手で摑み、自らの体から抜き取る。手からは大量の血が流れる。

「うおお」

言葉にならない雄叫びをあげながら、再び襲ってきた。

九郎兵衛は後ろに飛び退《の》いた。

胸元をやられているのに、まだ力が落ちていない。

続いて、横一文字に刀が飛んでくる。

それを弾き返した。

左の首筋あたりに、隙が見えた。

「覚悟」

九郎兵衛は、思い切り刀を振り下ろす。

血の飛沫《しぶき》が上がる。

舟吉はよろけながら、何か口ごもっていた。

「不覚で……」

言葉の途中で、血を吐き出した。

そのまま、倒れた。

長く、とてつもなく長く感じた。

どっと、肩の力が抜ける。

「いやあ、松永さま。お見事」

権太夫が部屋に戻ってきた。

続けて、

「このような手ごわい相手だからこそ、羽倉さまや他の誰にも舟吉の暗殺を頼めなかったのです」

と、権太夫は言い聞かせてきた。

「これで、よかったのか」

九郎兵衛の心に、ふと浮かんだ。

「はい、こちらの望みどおりに」

権太夫は満足そうに、微笑んでみせる。

「そうか」

九郎兵衛は頷いた。

「こいつを殺せば、事は済むのか？」

大木がいる。それに、『宇津木』の隠居はどうなっているのか。舟吉の仲間ではないのか。

それと、向島で会った男や、九郎兵衛を襲ってきた男はなんだったのか。

九郎兵衛は問い詰めた。

「こちらで万事、抜かりないようにしております。もう松永さまのお仕事は終わったのでございますよ」

舟吉は柔らかい口調で言った。

どうせ、権太夫は教えてくれない。

きくだけ無駄だ。

今回は蓋を開けてみると、権太夫と舟吉のふたりの争いであった。その中で起こったこと、すべてが何かつながっているようでもあり、遠いところにあるようでもある。

権太夫が舟吉を泳がせていたのは、確固たる証がなかったから、それを得るためだ。舟吉も権太夫を探っていたのだろう。だが、権太夫が一枚上手《うわて》であった。

まだ、この件が終わった実感がない。

「本当に、俺の仕事はこれで終わりだな」

九郎兵衛は確かめた。

「ええ。あとのことは心配なく」

「そういえば」

九郎兵衛はふと思いだして、

「そなたはここでひとりで酒を呑んでいた。まるで、俺が来るのを待っていたようだ。そうか、与力の羽倉殿から報せが？」

「…………」

「大木戸にも岡っ引きがいたが、これも羽倉殿の……」

「もう終わったことです、余計なことは考えずに」

権太夫は穏やかに言い、

「それと約束の妹御の件ですが」

と続けた。

「ああ」

「居場所をお伝えします。また明日にでも、『鯰屋』に来てくだされ。その時に、またお願い事をするかもしれません」

権太夫は、どこか含みのあるように言った。

九郎兵衛は降りしきる雨の中、借りた傘を差し、中門前町にある長屋に帰った。

この作品は書き下ろしです。

殺《ころ》しの影《かげ》

はぐれ武士《ぶし》・松永九郎兵衛《まつながくろべえ》

小杉健治《こすぎけんじ》

令和5年12月10日　初版発行

発行人――石原正康
編集人――高部真人
発行所――株式会社幻冬舎
〒151-0051東京都渋谷区千駄ケ谷4-9-7
電話　03(5411)6222(営業)
　　　03(5411)6211(編集)
公式HP　https://www.gentosha.co.jp/
印刷・製本―株式会社 光邦
装丁者――高橋雅之

幻冬舎時代小説文庫

ISBN978-4-344-43343-4　C0193　こ-38-16